Henry Honduras · GASLIGHTING!

AF284652

Henry Honduras

Gaslighting!

oder

Die Reise ins Nichts

Erzählung

Bibliografische Information der Deutschen Nationalbibliothek: Die Deutsche Nationalbibliothek
verzeichnet diese Publikation in der Deutschen Na-
tionalbibliografie; detaillierte bibliografische Daten
sind im Internet über http://dnb.d-nb.de abrufbar.

© 2018 Henry Honduras
honduras@mailbox.org
Herstellung und Verlag:
BoD - Books on Demand, Norderstedt
Satz und Layout: Henry Honduras

ISBN: 9783752804188

Meinem Sohn Kai, dem ich etwas eigentlich Unmögliches wünsche: Einen guten Rat von einem schlechten gerade dann unterscheiden zu können, wenn er den guten Rat am meisten braucht.

1

Die Menschen zur Zeit des ersten Weltkrieges kannten noch keinen Atomterror. Damals war das Gas der Inbegriff alles Schrecklichen. Lautlos, gestaltlos, unsichtbar und unfassbar kroch der Tod selbst in den letzten Winkel. Das Feld, die Straße, das Dorf, eben noch Sicherheit und Heimat, standen nun für einen heimtückischen Tod.

Es gibt einen Gaskrieg auch gegen die geistige Heimat.

Irgendwo auf einem Kleinstadtbahnsteig, der Ort ist nicht wichtig, erwarteten zwei Männer den einfahrenden Nachmittagszug. Unter wolkenlosem Himmel brannte die Augustsonne erbarmungslos auf den Bahnsteig hernieder. Hans Eisener, ein schlicht gekleideter Mann um die vierzig, sah die Lokomotive heranrollen. Langsamer und langsamer wurde sie, bis sie schließlich fauchend und zischend vor ihm hielt. Eisener war Ästhet. Er betrachtete mit Wohlgefallen das zur Ruhe kommende Spiel des Gestänges, spürte die Hitze und roch das Öl, mit dem jedes Gelenk reichlich versorgt war. Kraft! Jedes Mal aufs neue bewunderte er die Konstruktion und verharrte andächtig ob der Gesetze, die hier wirkten. Eisener dachte nach. Es war eine Ästhetik für den, der verstanden hatte.

In der Hand hielt er einen Hammer und ein paar Pflöcke, die sein Freund Hartmut ihm für ein paar Pflanzen in seinen Schrebergarten überlassen hatte. Einen Beobachter hätte dieses Werkzeug in den Händen Eiseners gewundert, ließ sein feingeschnittenes Gesicht in ihm doch eher einen Angehörigen der Ingenieursberufe vermuten denn einen Gartenarbeiter. Neben seinen klaren Gesichtszügen und seiner zerfurchten Stirn wies ihn auch seine schmächtige Gestalt eindeutig als Geistesarbeiter aus. Manch einer mochte ihn ob seiner energischen Kinnlinie für hart halten, doch sprachen aus seinem Blick Menschenfreundlichkeit und Wärme.

Neben ihm stand Hartmut Fecht, eine Umhängetasche an der Schulter. Nicht ganz so groß wie sein Freund, wirkte er deutlich kräftiger. Er pfiff sich eins auf Hebelgesetze und Gestänge, doch war er nicht etwa oberflächlich. Unter anderen Umständen hätte er diese Dampfwolken genossen, diesen Kohlengeruch, die Sonne, diese Menschen um ihn herum. Sein Haar war genauso kurz geschoren wie das Eiseners, jedoch erheblich dunkler. Auch war seine Gestik nicht so bedächtig wie die Eiseners, kurzum, man hätte ihn für einen Südländer halten können. Fechts Gesicht offenbarte einen Menschen, der gern und herzlich lacht. Er war so alt wie Eisener, seinem Aussehen nach hätte man ihn aber jünger eingeschätzt. Wer mit ihm zu tun hatte, mochte sogleich seine offene, herzliche Art. Dieser Umstand nützte Fecht in seinem Beruf schon oft, und er war sich dessen bewusst. Dabei war er keineswegs doppelzüngig. Nicht nur Fecht verdiente an Fecht, auch seine Kunden.

Heute aber wirkte der sonst so offene Mann abwesend, verschlossen, sah bleich und übernächtigt aus. Eisener spürte, dass nicht nur die Hitze Fecht zu schaffen machte.

Auf diesen Nebenstrecken fuhren keine neuen Züge, und man mochte sich wohl fragen, ob die Wagen erst einen oder schon zwei Kriege überstanden hatten. Es waren Wagen dritter Klasse, sowohl kraft Kennzeichnung als auch kraft ihres Zustandes. Schon lange schloss die Tür zum Abort nicht mehr richtig, war der Lack auf den Holzbänken rissig, musste man mit Kraft den Lederriemen ziehen, um eines der quadratischen Fenster öffnen zu können. Längst hatte man sich an das unvermeidliche Quietschen gewöhnt. Man nahm es gelassen. Die Vertrautheit mit all diesen Unzulänglichkeiten schien ein Gefühl der Ruhe zu erzeugen, dessen viele Menschen in dieser Zeit noch immer dringend bedurften. Wo heute Eisenbeton in aberwitzige Höhen strebte, sah der eine oder andere noch immer den Bombentrichter, das Haus, das es nicht mehr gab, oder gar die Überreste derer, die ihm teuer gewesen waren.

„Für Schwerbeschädigte" wies ein Schild über der Bank an der Tür zur Plattform aus. Eine ausgemergelte Gestalt mit ungewöhnlich blassem Gesicht saß dort, hieß Wilhelm Kort. Nach dem Kaiser hatte man ihn benannt. Er hatte ihn noch erlebt, den Kaiser. Und was danach kam, besonders das. Mit ausdruckslosen Augen starrte er aus dem gegenüberliegenden Fenster.

Als Eisener und Fecht den Wagen betraten, war dieser schon fast voll. Eisener hinkte ein wenig, ein Überbleibsel aus einer Kriegsverletzung. Sie stießen bis zu Kort vor und sahen neben ihm die einzige noch freie Bank. Fecht warf seine Umhängetasche auf die Gepäckablage, erfreut, sich endlich setzen zu können. Auch Eisener nahm Platz. Ihnen gegenüber saß ein Mann, der für einen Reisenden der dritten Klasse ungewöhnlich fein gekleidet wirkte. Dieser Mann, er sollte sich später als „Bigot" vorstellen, warf einen neugierigen Blick auf Eiseners ungewöhnliches Gepäck, fuhr dann aber fort, Kort zu mustern.

Kort war auffallend mager und hatte ein langes, ausgemergeltes Gesicht mit tiefen Zügen. Sein Blick wirkte derartig teilnahmslos, dass ein kleines Kind ihn einmal am hellichten Tag für tot gehalten hatte. Nun war Herr Kort nicht mehr der Jüngste. Wegen seines grauen Haares wirkte er aber noch beträchtlich älter als er war. In letzter Zeit ging es an manchen Stellen bereits ins schlohweiße über.

Die Lokomotive begann zu fauchen, der Zug ruckte an, in immer rascherer Folge kam das rhythmische „Klack-Klack" des fahrenden Zuges.

Es hatte etwas auf sich mit diesem Herrn Kort. Schon als Kind hatte man ihm eine schlechte Zukunft vorausgesagt. Er war im Sport weniger flink gewesen als die Brüder, tat sich im Rechnen schwer und hatte später lesen und schreiben gelernt als die anderen. Kaum ein misslicher Umstand, für den nicht er beschuldigt wurde. „Rohrkrepierer" war schon bald sein Spitzname. Es zeigte Folgen: Was immer er tat, tat er halbherzig, ohne innere Anteilnahme. Längst schien ihm klar, dass das Leben der Mühen nicht lohne, dass allem der rechte Sinn fehle.

Die Begegnung mit Martha hellte alles auf.

Der Sohn Karl kam.

Dann die zweite Schwangerschaft.

Der Weltkrieg schickte Kort weg. Eine Zeit, geprägt von Entsetzen, Entbehrungen und Abstumpfung begann, unterbrochen nur kurz vom märchenhaften Weihnachtsfrieden 1914.

Das nächste Jahr schickte ihn geradewegs in die Hölle.

Wochenlang im Unterstand. Mal brannte die Sonne, mal peitschte der Regen. Oft tagelang keine Verpflegung.

Das Trommelfeuer!

Die Fäkalien!

Das Blut, das Erbrochene, das Ungeziefer!

Dann kam die Nachricht: Totgeburt, und – Kindbettfieber!

„Gas, Gas!", ging wenig später gellend der Ruf durch die Reihen. Das Gas erreichte Korts Stellung nicht.

10

Bei den anderen aber erwiesen sich die Masken als unzureichend. Nur die Hälfte kehrte zurück, und Kort selbst wirkte um Jahre gealtert.

Die Zukunft hielt an. Eines Tages verheizten sie Geldscheine. Man bekam so mehr Wärme als über den Umweg eines Kohlenkaufes. Und man hätte ohnehin keine Kohlen bekommen.

Mit dem Führer kamen neue Kohlen. Kort lief mit, tat mit, schrie mit. „Sieg heil!" wie so viele andere. Gemeinsam mit dem Sohn zog er in den zweiten Krieg.

Die zweite Hölle hieß Stalingrad. Kort kehrte erst nach jahrelanger Gefangenschaft zurück.

Sein Sohn überhaupt nicht.

„Rudel soll kommen! Rudel mit dem Kanonenvogel!", so übermittelte Jahre später ein Kamerad Karls letzte Worte. Und Rudel war gekommen.

Rudel sieht.

Rudel stürzt.

Rudel trifft.

Zehn, zwanzig, oft mehr Panzer an einem einzigen Tag.

Der für Karl war nicht dabei gewesen.

Heute ging der Schaffner Krause durch die Reihen. Er stand kurz vor der Pensionierung und hatte sich mit den Jahren eine gute Menschenkenntnis erworben. So wusste er meistens recht gut, wen er in seinen Fahrgästen vor sich hatte. Eine Karte nach der anderen knipste er ab und kam so auch zu den Herren Kort, Eisener, Fecht und Bigot. Etwas ließ ihn stutzen, befremdete ihn. Dieser Herr im eleganten Zweireiher, er gefiel ihm nicht. Er gehörte hier nicht hin. Bigot jedoch war die Freundlichkeit selbst, als er seine Fahrkarte vorzeigte. Der Argwohn schwand so schnell, wie er gekommen war. Kort war an der

Reihe, und etwas an Kort rührte Krause an.

Kort reichte seine Fahrkarte. Die Hand zitterte. „Man hat einiges mitgemacht.", setze er entschuldigend hinzu. „Natürlich!", pflichtete Krause ihm bei und sah Kort in die Augen. Kriegszitterer! Langsam, wie aus weiter Ferne knipste er ab. Als er zurückgab, zitterte auch seine Hand. „Verdun" setzte er in Gedanken noch hinzu.

Dass Kort vor einiger Zeit an das Buch geraten war, wusste er nicht.

Krause machte weiter, und Fecht war froh, sich wieder entspannen zu können. Sichtlich erschöpft saß er auf seiner Bank und lehnte dem Halbschlaf nahe an der Fensterwand des Wagens.

Wie Kort, so hatte auch er seine Geschichte. Zu seinen frühesten Kindheitserinnerungen zählte der Tag, an dem der Vater mit ihm ein Brot hatte kaufen wollen. Mit einer Schubkarre voller Geld waren sie zum Bäcker gegangen, und der Bäcker hatte ihnen das Brot verweigert.

Werte, über Nacht ins Nichts zerstoben.

Man verlor den Boden unter den Füßen.

Man musste sich etwas einfallen lassen, sofort.

Nicht nur in Sachen Brot.

Doch der kleine Hartmut hatte ein ebenso heiteres wie optimistisches Naturell. Schnell lernte er, bewies schon bald außergewöhnliche Findigkeit. Jeder Gegenstand wurde ihm wichtig, vom alten Kochtopf bis zur geflickten Socke.

Hartmut behandelte alles so sorgsam wie sein Vater, sah im Alltagsgerät fast schon kleine Persönlichkeiten. Er konnte tagelang traurig sein, wenn etwas schließlich doch weggeworfen werden musste, und er hatte allen Grund dazu. Mit der Zeit war das Material wichtiger geworden als die Menschen, denen es dienen sollte.

Mit dem Führer kam für die Familie Fecht auch der Volksempfänger. Kein Tag, an dem das Gerät nicht geplärrt, kein Aufmarsch, den man versäumt, auch keine Tageszeitung, die man nicht gelesen hätte. Keine Stimmung, keine Frage, kein Zögern, das nicht vom neuen Wind hinweggeweht worden wäre. Hartmut und seine Geschwister blieben sich selbst überlassen.

Die Hitlerjugend bot ihm Kameradschaft und Zuhause. Bald darauf rückte er als Fahnenjunker in die Luftwaffe ein und wurde schließlich Kampfflieger. Er überzeugte. Bei seinen Vorgesetzten durch seine Leistungen und bei den Kameraden durch sein Improvisationstalent.

„Es gibt kein ... "

„Wir brauchen ... "

„Woher bekommen wir ... "

„Frühestens in vierzehn Tagen und nur auf Bezugsschein!"

Fecht vergaß nie, dass auf nichts Verlass war.

Doch er lernte schnell, mit wem er sprechen musste.

Diese Zeit hinterließ ihre Spuren in ihm. Margarine statt Butter, Steckrübenschnitzel oder die verlängerte Leberwurst, all das hatte für ihn mehr noch als für manchen Anderen Erniedrigung bedeutet. Worte wie „Mangelware" und „Ersatz" ließen in ihm bis auf den heutigen Tag ein Gefühl der Bitterkeit aufsteigen, das man bei diesem sonst recht heiteren Mann nicht für möglich gehalten hätte.

Nur Fechts engste Freunde wussten, dass er ungeachtet seines heiteren Naturells von Jugend auf an einem Gefühl unterschwelliger Schwermut litt, das auch in den schönsten Augenblicken nie ganz von ihm wich. Es war dies für Fecht so selbstverständlich, dass er es bis in die jüngste Zeit nie in Frage stellte. Eisener war es gewesen, der ihn auf diesen fragwürdigen Punkt hingewiesen hatte.

Fecht hatte nachgedacht.

Gegrübelt.

Erinnert.

Abgewägt.

Was mag die Ursache gewesen sein?

Ein falsch verstandenes Wort,

ein nicht eingelöstes Versprechen,

eine nie beantwortete Frage?

Eines Tages hatte seine suchende Hand nach dem Buch gegriffen.

Eisener fiel auf, wie eindringlich Bigot seine Mitreisenden beobachtete. Er versuchte seinerseits, sich ein Bild von Bigot zu machen, doch gelang es ihm nicht. Dessen Bewegungen, seine Art, mit dem Schaffner umzugehen, hatten etwas ältlich Erhabenes, das zu diesem jugendlichen Gesicht nicht passen wollte. Einzig ein paar tiefe Stirnfalten wiesen auf ein höheres Alter hin, als es auf den ersten Blick den Anschein hatte. Er wunderte sich plötzlich, dass ihn fröstelte.

Hans Eisener hatte es besser getroffen, als die beiden Herren Kort und Fecht. Wie Fecht war er noch zu klein gewesen für den ersten Krieg, im Gegensatz zu diesem war ihm dann aber ein besseres Schicksal beschieden. Der Vater hatte im und nach dem Kriege seinen Einfluss zum Wohle der Familie geltend machen können. Infolgedessen wurde die Familie Eisener von inflationsbedingten Nöten weitgehend verschont, und Hans erfreute sich einer glücklichen Kindheit. Wenn die Freunde nicht um ihn waren, bot so manches gute Buch ihm Ersatz für die nicht vorhandenen Geschwister.

Hans las Bücher oft mehrmals. Er prüfte, er verglich. Nicht nur auf literarischem Gebiet. So folgte dem Abitur ein Mathematikstudium, und wenig später begann er als Statiker in einem Flugzeugwerk.

Der zweite Krieg brach aus.

Die Front blieb Eisener erspart – zunächst.

Man befand ihn für unabkömmlich,

Wegen kriegswichtiger Berechnungen.

Eines Tages aber hieß es für ihn: Stalingrad!

Mit Stalingrad kam für Eisener auch der russische Winter. Der Winter brachte neben dem Frost den Hunger, den Mangel am Notwendigsten und schließlich auch die feindliche Kugel. Er kam ins Lazarett, sah Kranke, Todkranke und Sterbende.

Auf der Brust eines Bewusstlosen neben ihm auf der Bahre hatte eine jener Karten gehangen, die in diesen Tagen begehrt waren wie nichts sonst: die Berechtigung zum Flug aus dem Kessel. Der Sani ging herum. Sein prüfender Blick glitt über die Gesichter. An der Bahre blieb er stehen. „Schluss!", stellte er kurz fest. Dann griff er nach der Karte auf der Brust des Toten. Wie gebannt starrte Eisener auf das kleine gelbliche Stück Karton in der Hand des Sanitäters. Ohne ein Wort zu sagen befestigte der die Karte am Mantel Eiseners. Ein Blick des Dankes, doch der Sani hatte seine Runde bereits fortgesetzt.

Eine Berechtigung war eine Berechtigung, nicht mehr. Ob es noch eine Tante Ju für Eisener geben würde, war die Frage, um die sein ganzes Denken in jenen Tagen kreiste. Schon seit längerem mussten die Piloten den Kessel in einem großen Bogen anfliegen, um der feindlichen Flak zu entgehen. Jetzt hatte man auch noch Pitomnik aufgeben müssen. Die Ju für Eisener landete in Gumrak. Mit vereinten Kräften hob man ihn mit seinen zerschossenen Knien in die schon überfüllte Maschine. Es war die letzte Ju, die den

Kessel verließ.

Eisener kehrte zurück als noch kranker, als gezeichneter, nicht aber als gebrochener Mann.

Nach dem Krieg ging er an die Universität zurück und begann dort, Rechenmaschinen zu programmieren.

Fecht schreckte hoch. Der Zug rüttelte die Fahrgäste ordentlich durcheinander, als er die Weichen an einem nahegelegenen Bahnhof passierte. Sein Buch fiel aus der Tasche auf der Ablage und landete vor Bigots Füßen.

„Darf ich?", fragte Bigot ehrerbietig und hob Fechts Buch auf.

„Mein Name ist übrigens Bigot, Yves Bigot."

„Angenehm, Fecht."

Auch Eisener stellte sich vor.

„Sie lesen Jankulescu?", ging Bigot dann auf den Buchtitel ein.

„Ja, Josif Jankulescu: ‚Liebe – die Herausforderung'. Ich muss sagen, es hat mir in der letzten Zeit buchstäblich den Schlaf geraubt. Da steht so vieles drin, von dem ich nicht weiß, was ich davon halten soll."

Beim Aussprechen dieses Titels merkte Kort auf, sagte aber nichts. Das Buch. Es war das Buch!

So vieles hatte in dem Buch gestanden.

So vieles, das er nicht verstanden hatte.

So vieles war verlangt worden, das er nicht erfüllen konnte.

Unantastbare Autoritäten!

Zwingende Lehren,

Ehrfurcht gebietender Meister!

Kort hatte gespürt, dass da etwas nicht stimmte, doch Zweifel war verboten. Jede Art von Zweifel, jede Art von Einwand bewies nur, dass der Leser nicht verstanden hatte. So jedenfalls mahnte der Verfasser immer wieder. Und mit prüfendem Abwägen, so hieß es, seinen die zu vermittelnden Wahrheiten nicht zu erfassen. Blieben noch seine eigenen Erfahrungen. Doch was wogen schon die Erfahrungen eines einfachen Soldaten gegen die Ausführungen eines Mannes, der jahrtausendealte Gelehrsamkeit für sich beanspruchte?

„Interessant!", erwiderte Bigot und zog dabei die Augenbrauen hoch. Er war sichtlich interessiert.

Eisener fiel auf, wie jugendlich dieser Mann in dem Anzug wirkte, der doch ganz offensichtlich für den würdigen Herrn aus besseren Kreisen stand. Bigots brillantbesetzte Krawattennadel ließ ihn spüren: Hier saß ein Mann, der vermögend war und Wert darauf legte, das zu zeigen. Ob er wohl geizig war? Es musste doch einen Grund geben, dass so jemand dritter Klasse fuhr. Eisener vergaß über seinen Grübeleien, dass auf dieser Nebenstrecke gar keine anderen Wagen eingesetzt wurden. Und doch: Auch der Schaffner hatte verdutzt dreingeschaut ... Die tiefen Falten auf Bigots Stirn widersprachen dem Eindruck von Jugendlichkeit, und seine sehr dünnen Lippen schien ein grausamer Zug zu umspielen. Er gewahrte eine Narbe auf Bigots Stirn. Sie kam ihm wie ein Kainszeichen vor. Eisener argwöhnte, dass seine Phantasie ihn foppte.

Er rief sich zur Ordnung. Das Buch! Er hatte es vor einiger Zeit auf einer Parkbank gefunden. Anfangs hatte er es mit Interesse, dann zusehends mit Befremdung gelesen. Er war aus diesem Buch nicht schlau geworden. Zu allgemein, zu umfassend, zu wenig begründet, ja zu überheblich in ihrer Absolutheit waren ihm die Aussagen erschienen.

Wieder fiel ihm der ausgefallene Name des Verfassers auf. „Ein exotischer Name!", wandte er sich leichthin an Bigot.

„Ein rumänischer. Sagt Ihnen das was?"

„Das ist doch Transsylvanien, oder?"

„Ja, auch.", meinte Bigot und sah Eisener dabei belustigt an.

Eisener wandte sich wieder Fecht zu. „Was beschäftigt dich an diesem Buch, Hartmut?"

Fecht zögerte.

„Bitte erzählen Sie doch. Ich kenne dieses Buch, und mich interessiert Ihre Meinung!", ermunterte Bigot ihn.

„Ich weiß gar nicht, wo ich anfangen soll.", begann nun Fecht. „Da sind so viele Aussagen drin, dass einem ganz wirr im Kopf werden kann. Allein schon deren Menge kann einen plagen. Vor allem aber: deren Inhalt. Das Buch hat mir den Schlaf geraubt!"

In diesem Augenblick ging die Tür zur Plattform auf und eine Mutter mit einem kleinen Kind betrat den Wagen. Als die beiden sich den dreien näherten, begann das Kind zu schreien:

„Ich will nicht, ich will nicht! Es ist etwas im Zug, es ist etwas im Zug!"

„Schluss jetzt! Wenn du nicht endlich folgst, kenne ich dich nicht mehr!"

„Wahre Liebe ist stets bedingungslos!", schoss es Fecht durch den Kopf. So hatte es jedenfalls in dem Buch gestanden. Ihm war nicht recht wohl dabei. Es war dieses „stets", an dem er sich störte.

„Nun seien Sie doch nicht so barsch!", versuchte Kort die Mutter zu besänftigen.

„Haben Sie Kinder, haben Sie Kinder?", keifte sie zurück und zog die Kleine hastig weiter.

„Nein", kam es kaum hörbar von Kort.

„Geben Sie es auf!", wandte Eisener sich an ihn. „Was eine Mutter tut, ist immer richtig. Das ist fast schon ein Naturgesetz."

Korts Blick wurde sofort wieder ausdruckslos. Er hatte ein wenig Verständnis erwartet. Dabei sollte er doch nichts erwarten! So hatte es in dem Buch gestanden.

Eisener hingegen fragte sich, worauf die Kleine hinausgewollt hatte. Das Buch konnte sie doch kaum gemeint haben.

„Bitte fahren Sie doch fort!", setzte Bigot nun wieder an. Eisener zog die Augenbrauen hoch und Fecht wusste, dass der Freund damit äußerste Aufmerksamkeit signalisierte.

„Nun, Herr Bigot, da ich Sie so aufnahmebereit treffe, werde ich Ihnen eine Thematik unterbreiten, die mir in letzter Zeit Kopfzerbrechen macht. Zwar habe ich schon so manches Problem gelöst, doch gibt es einen Bereich, in dem ich mich ziemlich unbeholfen fühle. Mir geht es dabei um etwas, das über die täglichen Notwendigkeiten hinausführt: um Liebe, Freundschaft und Sinn. Ich muss gestehen, ich habe seit langem das Gefühl, dass mir auf diesem Gebiet etwas fehlt. So durchstreifte ich eines Tages eine Buchhandlung und sah dieses Buch. Es zog mich geradezu magisch an, ich musste es kaufen. Zu Hause las ich es einmal, zweimal, dreimal. Mit jedem Mal wurde mir unbehaglicher. Inzwischen raubt es mir geradezu den Schlaf. Es wird darin so vieles verlangt, und ich frage mich, ob es überhaupt menschenmöglich ist, diese Forderungen zu erfüllen."

In Korts Augen blitzte es auf. Er sah herüber. In seinem Gesicht stand nun Wachsamkeit.

„Das Buch scheint Ihnen zuzusetzen, Herr Fecht! Diese Forderungen, können Sie die näher beschreiben?"

Auch Eisener hörte zu. Aber nicht in erster Linie. In erster Linie beobachtete er. Bigot, obwohl offensichtlich ein einfühlsamer Zuhörer, stieß ihn ab. Sei es dessen geckenhaftes Gebaren, sei es seine allzu stutzerhafte Kleidung. Es mag auch wohl etwas in Bigots Blick gelegen haben. War es wirklich nur Anteilnahme, oder schien ihm etwas Lauerndes innezuwohnen? Eisener war sich nicht sicher.

„Nun, beispielsweise heißt es dort, liebende Menschen sollen nichts erwarten. Wohlgemerkt: Nicht etwa ‚weniger‘ oder ‚nicht zu viel‘ sondern ausdrücklich ‚nichts‘!“, fuhr Fecht fort.

„Wenn ich nichts erwartete, stände ich morgens nicht einmal auf, wozu auch?“ Eisener stand der Ärger ins Gesicht geschrieben. „Ich kann mich nicht erinnern, jemals größeren Unsinn gelesen zu haben.“

„Du kennst das Buch?“

Fecht und Kort sahen ihn überrascht, Bigot hingegen mit Missfallen an.

„Das kann man wohl sagen! Beim ersten Lesen fragte ich mich, ob der Kerl davon wohl eine nennenswerte Anzahl verkaufen konnte. Beim zweiten Lesen fragte ich mich, wie er den Lappen überhaupt gedruckt gekriegt hat. Als ich immer noch nicht glauben konnte, was da stand, las ich das Buch ein drittes Mal – dann habe ich es verbrannt!“

„Sie verbrennen Bücher?“, verlangte nun Kort zu wissen. Es lag ein Ausdruck der Bewunderung auf seinem Gesicht, der nicht zu übersehen war.

„Ja, natürlich! Wenn ich mich schon nicht für ein Buch erwärmen kann, will ich mich wenigstens an ihm erwärmen. Besser wenig fürs Geld, als gar nichts!“

„Trotzdem – Bücher verbrennen!“

„Ja, ich weiß! Vor einigen Jahren tat man das in großem Stil. Doch diese Leute wollten eigentlich nicht Bücher verbrennen, sondern Aussagen. Törichtes Unterfangen, denn sie verbrannten ja nur Papier. Die Aussagen blieben erhalten.“

„Man wollte sie eben möglichst wenig verbreiten", ergänzte Bigot.

„Seis drum, Herr Bigot. Wenn mir kalt ist, mache ich Feuer. Und bei so einem hanebüchenen Unsinn kann es einen schon frieren!"

Bigot wirkte verärgert.

Fecht ergänzte: „Es ist schon so. Letztlich interessieren nur die Aussagen. Sie stehen für sich selbst. Ob auf Papier gedruckt, als Latrinenparole an die Wand geschmiert oder einfach nur ausgesprochen. Es geht immer um die Aussagen, ob sie wahr sind oder falsch. Im Grunde ist es sogar einerlei, ob das Buch ein Originaltext ist, oder eine Übersetzung. Selbst wer das Buch geschrieben hat, muss den Leser nicht interessieren. Wahr oder falsch, das ist alles, worauf es ankommt!"

Er sprach Eisener damit aus der Seele, doch Bigot rang einen Augenblick sichtlich um Fassung:

„Und aus welcher Zeit ein Text stammt, ist Ihnen vermutlich auch gleich?"

„Nun, bei alten Texten kann es schwierig werden. Worte unterliegen bekanntlich einem Bedeutungswandel. Wer also wissen will, was der Verfasser meinte, wird um zeitgenössische Nachschlagewerke nicht herumkommen. Doch kann man bei solchen Texten immer noch sagen: Auch wenn deren heutige Bedeutung nicht mehr ihrer ursprünglichen entspricht, kann man immer noch auf ‚wahr' oder ‚falsch' in den Aussagen heutigen Sinnes erkennen. Um aber auf den Punkt zu kommen: Ich frage mich, wie man einer derartig absoluten Forderung nachkommen soll! Überhaupt ist mir nicht ganz klar geworden, was der Verfasser alles darunter versteht."

Bigot, nun wieder die personifizierte Ruhe, entgegnete Fecht: „Das scheint Ihnen Schwierigkeiten zu bereiten! Es geht darum, einem geliebten Menschen in absoluter Offenheit entgegenzutreten, bar jeder Voreingenommenheit, bar jeder Erwartung wie er wohl sein oder ob er einem nützen könnte, sich also völlig aufnehmend auf sein Wesen einzulassen!" Dann, zu Eisener gewandt: „Muss man das verbrennen?"

„Geschieht mir recht!", lachte dieser. „Nein, das für sich genommen natürlich nicht! Was aber das Absolute dieser Forderung nichts zu erwarten anbelangt: Wenn ich wirklich nichts von meinem Gegenüber erwarten darf, dann darf ich nicht einmal verlangen, menschenwürdig behandelt zu werden ... – doch bitte, Hartmut, fahre fort!"

Kort hatte nur kurz aufgemerkt und hörte fast schon wieder weg. Für ihn war die Sache klar. Die Begegnung mit der Mutter hatte ihn einmal mehr gemahnt, nichts mehr zu erwarten.

Nichts von Einzelnen.

Nichts von den Menschen allgemein.

Nichts vom Leben.

Nichts von Gott, vor allem von ihm nichts.

Wo war Gott gewesen, als Kort in der Knochenmühle gekämpft hatte?

Wo war Gott gewesen, als das Gas durch die Schützengräben kroch, das den Kameraden die Lungen zerfraß, die Haut zerätzte oder die Nerven zerstörte?

Warum hatte Gott den Panzer nicht aufgehalten, der seinen einzigen Sohn zermalmte?

Wer war dieser salbadernde Lackaffe, piekfein gekleidet und mit goldenem Ring? Seine Jugend hatte ihn vor der Hölle von Verdun bewahrt. Und der zweite Krieg? Hatte Bigot daran teilgenommen? Wenn Kort überhaupt noch etwas spürte, dann, dass Bigot ihm widerlich war. Und doch:

Das Buch!

Die Forderungen!

Diese eine, dieses „Erwarte nichts!" konnte Kort erfüllen.

Und sonst? Er hatte sich Rat versprochen, Hilfe, Anleitung für einen neuen Sinn. Aber das war ja schon wieder eine Erwartung. Und Erwartungen waren doch verboten! Aufbegehren? Gegen diese Art von Gelehrsamkeit? Gegen Bigot? Wer war er, dass er es wagte? Was zählte schon ein Frontschwein?

2

Sie sind elitär. Sie sind Meister der Andeutung, der Symbolik, des versteckten Doppelsinnes, der raffinierten Schlussfolgerung nach allen Regeln der Kunst. „Was ist der Mensch?", so fragen sie und erzeugen Gedankengebäude von beeindruckender Tiefe. Doch welchen Sinn haben diese Gebilde, die nur sie selbst verstehen? „Verrat!", schreit die Seele des Lesers. Längst ist der Irrgarten betreten, längst die Orientierung verloren auf einem Weg ohne Wiederkehr.

Fecht sah derweil zu Kort herüber. Irgend etwas an diesem Mann kam ihm bekannt vor. Er fragte sich, ob er diesen Mann nicht irgendwo schon einmal gesehen habe. Dann setzte er wieder an: „Nun mit den Erwartungen ist das offenbar Ansichtssache. Doch sind da noch andere Punkte, die mich beschäftigen, Herr Bigot. Beispielsweise die Ausführungen zu Geld und Gegenständen."

Bigot sah Fecht aufmerksam an. Dieser fuhr fort:

„Immer wieder wird die Fragwürdigkeit des Geldes angesprochen, ja es geradezu verdammt. Ich kann dem nicht folgen, Herr Bigot. Geld ist doch die Grundlage für alles und jedes!"

„Was sind Sie von Beruf, Herr Fecht?"

„Anlageberater."

„Offen gestanden schätze ich diesen Berufsstand nicht besonders. Die Einstellung, die daraus spricht, die hohe Wertschätzung des Geldes und der Dinge als solche ist geradezu typisch für den modernen Menschen westlicher Prägung."

„Sie sehen darin offenbar etwas Schlechtes. Der moderne Mensch mag so schlecht sein, wie er will. Mir ist nichts bekannt, was darauf schließen ließe, dass die Menschen früher besser waren. Oder im Osten besser sind als im Westen. Und was daran fragwürdig sein soll, für seine Zukunft vorzusorgen, ist mir auch nicht klar, im Gegenteil! In irgendeiner Form wird man das auch in Fernost oder sonst wo tun müssen."

„Ist Ihnen schon einmal in den Sinn gekommen, Herr Fecht, dass die hohe Wertschätzung, die wir dem Geld und dem Material entgegenbringen, krankhaft sein könnte? Dass das allgegenwärtig in unserer abendländischen Kultur zu beobachtende Horten von Gegenständen, das Sammeln von Gebrauchsgütern absurd sein könnte? Das unsere gefühlsmäßige Beziehung zu allem Mechanischen und Toten einem Wahn entspringen könnte?"

Bigots Blick war zwingend.

Fecht fühlte sich getroffen.

In Frage gestellt.

Auf dem Prüfstand,

auf der Anklagebank,

beschuldigt ob eines Teiles seiner selbst.

– Fecht hielt stand.

„Ich habe selbst schon oft darüber nachgedacht. Eines steht für mich fest: Solange unser Geist mit unserem Körper verbunden ist, werden wir uns mit Gegenständen befassen müssen. Niemand kann lieben, der hungern oder frieren muss. Das scheint dem Verfasser des Buches nicht klar zu sein. Und all unser Denken und Empfinden geht letztlich auf das zurück, was unsere Sinne uns vermitteln. So mag uns der Inhalt eines Buches erfreuen. Doch auch die drucktechnische Gestaltung des Papiers kann unser Wohlbehagen oder unser Missempfinden auslösen. Mich bereichert es, mich nicht nur an den Aussagen des Textes, sondern auch am Anblick des Buches und damit am Material zu erfreuen. Etwas Wahnhaftes oder Bösartiges kann ich darin nicht finden."

Eisener war jetzt ganz Zuhörer.

Aufnehmen.

Erspüren.

Auf sich wirken lassen.

Die Blicke, die Gestik, der Tonfall – hier und da ein Zögern?

Nur nicht dazwischenfahren, nur nicht unterbrechen.

Schweigen und schließlich – urteilen!

Ihm entging nicht, dass auch Kort das Gespräch verfolgte.

Am heiligen Abend 1914 hatte es eine unerwartete Waffenruhe gegeben. Sogar kleine Weihnachtsbäume hatte man aufgestellt. Für kurze Zeit war der Feind kein Feind. Und ein Kamerad schleppte einen Phonographen an. Von irgendwoher. Er, Kort, durfte ihn aufziehen. „Edison Home Phonograph" stand auf dem hölzernen Kasten. Kort blieb in Ehrfurcht neben dem großen messingglitzernen Trichter stehen. „Stille Nacht" tönte es, und für einen Augenblick schien der Krieg abgestellt. Wieder und wieder hatte er die Walze abspielen müssen, bis sie ganz abgenutzt war.

Eine Maschine, die singen konnte!

Edison,

Erfinder!

Kort wusste bis auf den heutigen Tag genau, was er damals empfunden hatte.

Diese Maschine!

Dieser Klang!

Diese Freude an jenem unwirtlichen Ort, das war kein Wahn gewesen.

Irgendwann, vielleicht ein Jahr später.

„Gas!" schoss es Kort jetzt als gellender
Schrei durch den Kopf. Von überall her
Stimmengewirr, Getrappel, die entsetz-
ten Gesichter. Er sah die Wolke, die sich
im Gegenlicht gleich einem Nebel über
die Felder auf eine Stellung zuwälzte, sich
über einen Graben senkte.

Das Gas nahm alles.
Jedes Leben.
Jedes Blatt, jeden Zweig, jede Laus.
Es nahm die Würde, den Glauben, die Hoffnung.
Es zerfraß die Freude an jenem Phonographen.

„Sie glauben also, dass Geist und Körper zwei verschiedene sind?", erkundigte Bigot sich.

Fecht fuhr fort: „Ich stelle es mir so vor. Man kann
sicherlich auch anderer Meinung sein. Doch dann lä-
ge für mich nur um so näher, dass manche Menschen
den Dingen tatsächlich irgend etwas nicht Fassbares,
nicht Denkbares, nicht Erklärbares unterstellen. Und
sie scheinen es zu tun, denn wie anders wäre es zu erklären, dass für hervorragend erhaltene Antiquitäten
höhere Preise bezahlt werden, als für völlig identische
Nachbauten besserer Qualität? Die Menschen scheinen anzunehmen, dass die alten Dinge die Gedanken
oder Gefühle derer eingesogen haben, von denen sie
einst benutzt wurden. Und nun hoffen sie womöglich
unbewusst, über die Gegenstände an diese Gedanken
heranzukommen. Es mag wohl sein, dass so manch
einer über eine Fotografie oder eine Armbanduhr die
Gegenwart derjenigen heraufzubeschwören versucht,
die Opfer der Luftangriffe wurden. Diese werden davon ausgehen, dass die geliebten Menschen in irgendeiner Form das Ende ihres Körpers überlebten. Ist

das Einbildung, Wahn? Ich vermag es nicht zu beurteilen, halte aber für möglich, dass es mehr ist."

„Es ist eine Wahnvorstellung, Herr Fecht!" Bigot war sich seines Standpunktes ganz sicher. „Wohl kaum etwas könnte stärker offenbaren, wie krank der moderne Mensch ist!"

Das Licht brach sich im Diamanten an Bigots Krawattennadel und ließ ihn funkeln. Bigot hatte bereits begonnen, dieses Schauspiel ausgiebig zu mustern, als Fecht erneut ansetzte:

„Woher weiß man, was krank ist und was gesund? Wie will man für diesen Bereich einen verlässlichen Maßstab angeben? Diese Einstellung zu den Gegenständen mag absonderlich erscheinen. Garantiert das aber, dass sie falsch ist?"

„Glauben Sie mir, Herr Fecht, es ist Unsinn. Die Fachliteratur liefert reichlich Beispiele, die das belegen."

„Beispiele für bestimmte Auffassungen und Verhaltensweisen. Über deren Unsinnigkeit ist damit noch nichts gesagt. Beweise haben wir damit noch nicht!", schaltete Eisener sich nun ein. „Hat man irgend etwas beobachtet, woraus man sicher auf einen Wahn schließen kann?"

„Durch Beobachtungen? Es gibt auf diesem Gebiet in der Tat vieles zu beobachten. Doch erkennen, wirklich erkennen, kann der geschulte Fachmann nur durch seine Intuition."

Kort fühlte sich unbehaglich. Diese Intuition, woher nahm Bigot sie? „Was sind Sie denn von Beruf, Herr Bigot?", wollte er nun wissen.

„Ich befasse mich mit der menschlichen Natur!" kam es zurück, und Bigots Blick ließ keinen Zweifel daran aufkommen, dass er sich dazu nicht weiter äußern würde.

„Intuition?", fuhr Eisener nun fort, „kann etwas

Wunderbares sein. Wer aber etwas als Tatsache gültig haben will, muss Beweise anführen können! Ist Ihnen schon einmal in den Sinn gekommen, dass es Salbaderei sein könnte, was in der so genannten Fachliteratur steht? Sie können hier nichts belegen, Herr Bigot. Menschen, die diese Vorstellungen hegen zu unterstellen, sie seien nicht ganz dicht, unter- oder sogar fehlentwickelt ist genauso verfehlt, wie mit Sicherheit zu behaupten, Dinge könnten Gefühle oder Gedanken übermitteln. Im Klartext: Wir wissen es nicht!"

Fecht ergänzte: „Wie immer wir das Empfinden der Menschen für ihre Gegenstände auch beurteilen mögen, eines muss klar sein: Unsere dinglichen Bedürfnisse müssen wir befriedigen, einerlei, ob über den Umweg Geld oder im direkten Tauschhandel. Wer das nicht wahr haben will, wird sich nur allzu bald mehr mit diesen Dingen befassen müssen, als ihm lieb sein kann. Damit aber hat er die Aussicht auf irgendwelche geistigen Lebensinhalte auf lange Zeit verspielt. Ob es Ihnen passt oder nicht, Herr Bigot: Über allen Dingen mit Zukunft, auch moralischen, steht der Buchhalter, steht der Zentralbankrat!"

„Wie erklären Sie es sich in diesem Zusammenhang, Herr Fecht, dass die Armen eher zu geben gewillt sind, als die Reichen? Warum sind es gerade die Reichen, die am Ausbeuten und Horten festhalten, warum verharren gerade sie in diesem Stadium ihrer charakterlichen Entwicklung."

„Ich erkläre es mir überhaupt nicht, denn es stimmt nicht. Es ist ein Irrglaube, vermutlich genährt durch die aus Märchen vermittelte Überzeugung, dass arm mit gut und reich mit böse gleichzusetzen sei. Ich erlebe in meiner beruflichen Praxis immer wieder, dass es gerade umgekehrt ist. So komme ich bei meinen Kunden hin und wieder auf das Thema Spenden zu sprechen. Oft zeigt sich da, dass der Geiz mitnichten eine Sache der Reichen ist. Auch wenn man die Einkommensunterschiede berücksichtigt, spenden Wohlhabende unverhältnismäßig mehr. Das zeigt sich in den Äußerungen meiner Kunden und Bekannten immer wieder. Was also die Mär vom moralisch überlegenen Armen anbelangt – vergessen Sie sie! Auch mit der Wendung ‚charakterliche Entwicklung‘ wäre ich an Ihrer Stelle vorsichtig. Wenn Sie bei einem bestimmten Verhalten eines Menschen von einer charakterlichen Entwicklung im Sinne einer niederen Stufe sprechen, dann nehmen Sie für ihn ein Entwicklungsziel vorweg, das natürlich ihren eigenen Wertvorstellungen entspricht. Damit aber unterstellen Sie dem Mann letztlich eine geringere Urteilsfähigkeit als sich selbst.“

Bigot entgegnete nichts mehr dazu, doch war klar, dass er nicht zufrieden war.

„Nun gut, Herr Fecht, vielleicht gibt es Punkte in diesem Buch, zu denen ich Ihnen besser dienen kann?“ Bigot schien ungeachtet der unterschiedlichen Ansichten beider aufrichtig Anteil zu nehmen an der Ratlosigkeit, die das Buch in Fecht ausgelöst hatte.

Fecht sah ihn erwartungsvoll an und fuhr fort: „Mehr noch als das Verhältnis des Menschen zum Stofflichen beschäftigt mich, was Jankulescu zum Wesen des Menschen an sich ausführt. Ich frage mich, wie ich dazu stehen soll.“

„Was zum Beispiel?“

„Jankulescu äußert sich immer wieder über das Wesen des Menschen. Er ist davon überzeugt, dass der vollkommene Mensch ein Liebender ist. Für ihn ist Liebe eine weltumspannende Erscheinung, rückhaltlos und ohne Unterschiede von allen Menschen für alle Menschen. Es darf da keine Unterschiede geben. Nicht den einen ‚ja‘ und den anderen ‚nein‘. Er begründet das mit der Einsicht in das wahre Wesen des Menschen. Nun frage ich mich, woher der weiß, was das wahre Wesen des Menschen ist und vor allem, worum es sich dabei handelt."

„Das wahre Wesen des Menschen, Herr Fecht, erschließt sich demjenigen, der Kontakt zum Unbewussten hat. Wer des Menschen Unbewusstes erkannt hat, kann Kontakt zum ganzen Menschen gewinnen. Schon vor Jahrtausenden gab es Meister, die den Weg zum Unbewussten wiesen. Ihre Erkenntnisse darzulegen und ihre Forderungen zum Erreichen dieses Zieles nachvollziehbar zu machen ist das Anliegen dieses Buches." Bigot sah Fecht eindringlich an. „Um es in diesem Zusammenhang zu verdeutlichen: Es geht Jankulescu bei dem Begriff ‚Liebe' um diese ganz bestimmte Art von Vereinigung, die von den großen Denkern der Menschheit seit Jahrtausenden als das höchste geistige Gut angesehen wird."

Fecht wurde aber nichts deutlich. Wenn sich ihm überhaupt etwas verdeutlichte, dann seine eigene Ratlosigkeit. Eisener fühlte erneut Ärger in sich aufsteigen. „Unbewusstes", „bestimmte Art von Vereinigung", das waren einige derjenigen Begriffe, um die sich das ganze Buch drehte, die darin aber nirgendwo genauer umrissen wurden.

„Natürlich gibt es einige Voraussetzungen, die der Mensch erfüllen muss, um sich Unbewusstes bewusst zu machen und so sein wahres Wesen zu erkennen", fuhr Bigot fort. „Ein ständiges Arbeiten an der eigenen Persönlichkeit ist der Weg, der allein es ermöglicht, die Fertigkeiten zu erwerben, die man braucht, sich selbst zu erkennen und die eigene Liebesfertigkeit auszubilden. Es muss dies stets das vorderste Ziel sein. Allein der Schlaf bildet die einzige legitime Unterbrechung dieses Strebens."

Fecht fühlte sich furchtbar müde – und hatte ein

schlechtes Gewissen deswegen.

Kort spürte die Wucht der Forderung, die hinter diesen Sätzen steckte. Er brauchte es nicht, dieses Riesenziel. Ein bisschen Verständnis, nicht nur für Bewusst-gewordene, auch für ihn. Das war alles, was er begehrte. Doch Begehren hieß letztlich auch Erwarten. Und das Erwarten war doch verboten. So hatte es der große Meister des Buches beschrieben.

Der Meister! Die Lehren! Die Ziele! – Der Mensch?

Eisener fragte sich, warum der Verfasser sein Streben unterbrochen und statt dessen Bücher geschrieben hatte. Ziemlich viele sogar, wie er später feststellte.

„Nur derjenige Mensch, der sich selbst erkannt und sein Menschsein voll entwickelt hat, ist zur Reife gelangt. Der reife Mensch aber ist die unabdingbare Voraussetzung für wahre Liebe und damit die Überwindung der Isolation des Individuums schlechthin."

„Welche Eigenschaften zeichnen so einen reifen Menschen Ihrer Meinung nach aus, Herr Bigot?", wollte Eisener wissen.

„Der reife Mensch ist zunächst einmal jemand, der sich selbst Autorität für sein Handeln ist. Er ist erwachsen, nicht nur in seinem Denken, auch in seinem Empfinden. Er braucht keine Mutter- oder Vaterfigur mehr, er ist sich selbst Vater und Mutter, hat Vater und Mutter für sich verinnerlicht. Er ist sich seiner selbst völlig sicher. Können Sie mir folgen, Herr Eisener?"

„Ich fürchte, ja!"

Einer von Bigots Siegelringen blitzte in der hereinfallenden Sonne auf, was dieser wohl registrierte, bevor er Eisener abschätzig ansah. „Stört Sie daran etwas?"

„Ja. Bei so einer Einstellung sind Zweifel unmöglich. Damit sind der Selbstgefälligkeit Tür und Tor geöffnet."

„Zweifel, Herr Eisener, kennzeichnen den unreifen Menschen, den Menschen, der Vater und Mutter noch nicht verinnerlicht hat, der noch die Autorität von außen benötigt, der noch nicht wirklich Mensch geworden ist!" Bigot sah dabei kurz zu Kort herüber.

Kort kannte diese Blicke. Es waren die Blicke der Überlegenen, die Blicke derer, die Einsicht hatten und sich dessen bewusst waren. Sie ließen es ihn spüren.

„Untermensch!", schrie etwas in Kort, „Rohrkrepierer!"

„Die volle Reife wird er nie erlangen!", so hatte schon sein Lehrer gesagt, „die ewigen Wahrheiten nie erfassen!"

Seine Tante war Organistin gewesen. Er, der Kaufmannsgehilfe, hatte nie verstanden, was an den Leidensdarstellungen der berühmten Maler so ergötzlich sein sollte, die bei der Tante im Wohnzimmer hingen. Was es mit ihrer Begeisterung für Licht und Schatten, Atmosphäre und dem religiösen Gehalt der Motive auf sich hatte. Sie versuchte, ihn über die Harmonie der Farben aufzuklären. Ihm wurde nicht klar, was an Farben harmonisch sein sollte.

Farben, das waren für ihn Gelbkreuz, Grünkreuz und Blaukreuz.

„Du bist ein unkultivierter Mensch!" hatte es geheißen.

Er kannte den Schnappdeckel, die überlebenswichtigen Filter.

Die Tante nicht. Die Tante wusste mehr als er, aber sie hatte keine Ahnung. Die

Tante kannte das Gas nicht und auch nicht den Kessel. Sie hatte nicht verstanden, genauso wie Vater, Mutter und Brüder. Und die Musik, die sie auf der Orgel gespielt hatte, machte ihn schwermütig.

Wilhelm Kort kannte nur Stalinorgeln.

Wilhelm Kort war ein unkultivierter Mensch.

War das seine Schuld?

„Der unreife Mensch ist seinem ganzen Wesen nach abhängig. Er braucht das Urteil, die Kraft, das Selbstbild anderer, um vor sich bestehen zu können. Er ist darauf angewiesen andere auszubeuten, um selbst existieren zu können. Sein Hauptmerkmal ist, dass er geliebt werden will, selbst aber nicht lieben kann."

Fecht spürte die Schärfe, die in dieser Formulierung lag. Etwas erdrückend endgültiges lag in Bigots Worten. Ob Bigot so einem Menschen denn keine Entwicklungsfähigkeit zugestehe, wollte er wissen.

„Es gibt Möglichkeiten, zur Reife zu gelangen, Herr Fecht! Der Weg dahin ist jedoch lang und beschwerlich. Insbesondere dem modernen Menschen des Westens dürfte er eine harte Prüfung sein. Wie Ihnen gewiss nicht entgangen ist, beschreibt Jankulescu diesen Weg:

Zunächst einmal müssen wir ganz in der Gegenwart leben, ganz im Hier und Jetzt. Es darf kein Zukunftsträumen und kein Erinnern geben. Den anderen Menschen in seiner Gegenwärtigkeit ganz zu erfahren, darauf kommt es an. Der reife Mensch, Herr Fecht, ist immer ganz bei der Sache. Was immer er tut, tut er mit Hingabe.

Diese bedingungslose Gegenwärtigkeit,

dieses vorbehaltlose Überwinden des Ich,

diese vollständige Hinwendung zum Du,
das ist die erste Voraussetzung, das Eis der Isolation zu brechen!
– Doch nur dem Geübten wird das gelingen. Zu lernen, seinen Gedankenfluss völlig abzuschalten, in absoluter Konzentration zu verharren und so völlige Gegenwärtigkeit zu üben, das ist die erste Station auf dem Weg zum Ziel."

Eis!
Pitomnik, Gumrak, der Kessel!
Fecht kannte das Eis.
Eis, das waren Motoren, die nicht ansprangen, das war Metall, an dem die Hände festklebten, das war die stumme Klage unzähliger Erfrorener.
Überhaupt hatte der Kessel für Fecht hauptsächlich aus Eis bestanden, neben Blei.
Fecht war eigentlich Sturzbomberpilot, doch eines Tages erhielt er den Befehl, die Stuka mit der Tante Ju zu vertauschen. Transportflüge. Material hin, Verwundete zurück. Auf seinem letzten Flug aus dem Kessel nahm er Hans Eisener mit. So lernten sie einander kennen. Und dann gab es da noch einen Verwundeten, einen, den er nicht mitnahm. Fecht sprach mit vielen Menschen darüber. Doch keiner, weder Verwandte noch Freunde, geschweige denn seine Kunden verstanden, was Fecht für diesen Verwundeten empfunden hatte – außer Eisener.

Bigot? Konzentration? Gegenwärtigkeit?
Bigot kannte den Kessel nicht.
Das Eis der Isolation durchbrechen?

Nur für die Gegenwärtigen,

nur für solche, die nicht erinnern mussten!

Ungeachtet der immer noch drückenden Hitze fror Fecht.

Liebe und Wärme? Nur für Reife, nur für Konzentrierte, für Mitglieder, für Linientreue, für Herrenmenschen, für Erleuchtete – für Auserwählte.

„Liebe und Wärme? Haben Sie einen Bezugsschein? Nein? Was wollen sie? Wer sind sie überhaupt? Wegtreten!"

Dieses einsamste aller Gesichter, es war immer wieder gekommen. Diese Augen, die ihn in unendlicher Verlassenheit anstarrten, die dort unten hatten zurückbleiben müssen.

Eisener verfolgte die Ausführungen Bigots mit gespannter Aufmerksamkeit. Fecht hingegen verspürte plötzlich das Bedürfnis, die Jerichotrompete wieder heulen zu lassen und wusste nicht, warum.

„Natürlich, Herr Fecht, ist das Leben in der Gegenwart nur einer von vielen Schritten auf dem Weg zur Reife. Entscheidend für den Erfolg ist, dass wir unser wahres Selbst erkennen. Der moderne Mensch des Westens aber – ich erwähnte ihn bereits – hat sich diese Erkenntnis verstellt." Bigot hob die rechte Hand und spreizte dabei den kleinen Finger nach außen ab. „Er, der sich restlos der Produktion und dem Verbrauch verpflichtet hat, erkennt nicht mehr das Wesen dessen, was ihn als Menschen eigentlich ausmacht."

„Und worin soll es bestehen, dieses ‚wahre Selbst'?", verlangte nun Eisener zu wissen.

„Die Antwort darauf, Herr Eisener, entzieht sich jeglicher Beschreibbarkeit.

Wer es beschreibt, kennt es nicht.

Wer es kennt, beschreibt es nicht.

Wer nach seinem Wesen fragt, wird es nie erfahren. Nur wer vertraut, wird es erlangen.

‚Vertrauen', Herr Eisener, sagt Ihnen das etwas?"

„Ja, natürlich, Herr Bigot!", erwiderte Eisener, wohl wissend, keine Antwort erhalten zu haben. Er hielt es für besser, vorläufig zu schweigen.

„Doch um auf Ihre Frage zurück zu kommen, Herr Fecht, erfordert der Weg zur Reife noch Weiteres. Der reife Mensch ist immer auch ein produktiver. Denn nur der produktive Mensch kann zu seinem wahren Selbst gelangen. Er entwickelt seine persönlichen Kräfte auf jedem Gebiet, er gelangt schließlich zum dem, was sein Menschsein ausmacht. Das, Herr Fecht, ist ein Schritt auf dem Weg zum wahren Selbst."

„Und wie soll das Ziel aussehen?", wollte Fecht wissen.

„Das Ziel, Herr Fecht, ist die Einheit. Das Überwinden der Illusion vom eigenen Ich und das Verschmelzen mit der Ganzheit des Universums. Denn wer wahrhaft liebt, liebt allumfassend und ausnahmslos. Dieses Erfahren der Einheit ist das, was Liebe und Erkenntnis in ihrer höchsten Vollendung ausmacht und bedingt.

Der Bereich, in dem Wissen, Wunsch und Erwartung bedeutungslos werden.

Der Bereich, in dem es keine Zeit, keine Entfernung und keinen Glauben mehr gibt, kein Denken, kein Wahrnehmen, kein Wollen.

Der Bereich, der jenseits jeglicher Begrifflichkeit liegt.

Der reife Mensch, Herr Fecht, ist eingegangen in diesen Bereich, in das absolute Nichts.

Hierin liegt die Erkenntnis schlechthin!"

Eiseners Stirn warf Falten. „Alle Achtung, Herr Bigot! Sie müssen das Buch mindestens fünfmal gelesen haben, so genau, wie Sie daraus zitieren! Doch frage ich mich, wie sie eine derartige Theorie beweisen wollen. Jankulescu jedenfalls hat es in seinem Buch nicht getan. Vor allem aber: Wenn dieses absolute Nichts das Ziel ist, wozu soll ich dann noch irgendeine bestimmte Person lieben?"

„Kann es sein, Herr Eisener, dass Sie noch einen langen Weg vor sich haben?" Bigots Ton war lauernd scharf und verbot jeden Widerspruch.

„Das will ich hoffen. Was am Ende dieses Weges liegt, mag der Himmel wissen. Mir scheint aber, dass man sich diesen Weg bis dahin mit dem Streben nach Wissen am besten ebnen kann. Und was die Frage nach der Einheit des Universums anbelangt:

Die sollten wir Gott und den Pferden überlassen, denn die haben größere Köpfe!"

Kort saß indessen da wie erstarrt. Sein Blick schien wie hypnotisiert auf Bigot geheftet, schien in äußerster Konzentration den Bewegungen seiner Lippen zu folgen und ging doch mitten durch ihn hindurch.

> Er hatte einmal eine kleine Marienstatue gehabt. Ganz aus Holz war sie gewesen, und täuschend echt hatte sie ausgesehen. Er sah sie vor sich. Wie damals schien sie ihn zu verstehen, ihm Halt und Zuversicht zu geben. Ohne Theorie des Seins, des Menschen, des Universums. Danach spürte er, wie sich etwas veränderte, wie das Gefühl aus Verstehen in Angst und Isolation überschlug. Kann ein Gefühl Gestalt annehmen? Für Kort wurde es zu einem Fragezeichen, zerfloss zu einem Nebel und schließlich zu einer riesigen fahlgrünen Wolke. Die Abendsonne leuchtete orange hindurch, Kälte kroch die Beine hinauf.

„Kamerad, deine Maske!", schrie einer von irgendwoher – Grünkreuz!

Er hatte keine.

Der Wind kam von vorn und mit ihm die Wolke.

Sie legte sich um ihn, machte ihn würgen und verdichtete sich, wandelte sich schließlich zu einem Schneegestöber.

Es entzog ihm den Boden unter den Füßen, brachte ihn irgendwo hin.

Dann stand er als Einziger auf einem Flugplatz im Kessel. Gumrak!

Die Wunde blutete.

Die letzte Maschine flog davon.

„Du sollst das Material nicht anbeten!", so stand es in Meister Jankulescus Werk.

In das Verklingen der Motoren mischte sich das hähmische Gelächter Bigots.

Dann hatte er das Bewusstsein verloren.

Kort schalt sich einen Tagträumer, rief sich zur Ordnung. Doch schien ihm klar, dass seine Gefühle Einbildung waren, Irrtum und Blendwerk. „Klack-klack", „klack-klack" machten die Räder auf den Schienenstößen. „Das wahre Selbst – das Nichts", „das wahre Selbst – das Nichts" kam es zurück als höhnisches Echo.

Einige Zeit sagte niemand etwas. Fecht fühlte sich bleischwer und wollte sich nichts davon anmerken lassen. Er kramte eine Dose Scho-Ka-Kola hervor und leerte sie, ohne den anderen davon anzubieten. Bigot blickte prüfend auf seine Lackschuhe und sah dann gelangweilt aus dem Fenster. Eisener schaute verstohlen zu Kort hinüber. Er spürte, dass etwas in ihm vorging. Mehr noch als das beschäftigte ihn zum wiederholten Male die Frage, ob er Kort nicht irgendwo schon einmal begegnet sei.

Schließlich wandte Bigot sich wieder an Eisener: „Was mich bei Ihnen interessiert, Herr Eisener, wie stehen Sie eigentlich zum Thema Religion? Ich kann mir kaum vorstellen, dass Sie Pferden göttliche Weisheit zusprechen wollen!" Die Ironie stand Bigot ins Gesicht geschrieben.

Eisener lächelte ihn freundlich an. „Natürlich nicht. Ich wollte damit nur sagen, dass man irgendwo aufhören sollte, dass mit unserer Erkenntnisfähigkeit irgendwo Schluss ist und Vermutungen darüber hinaus wertlos sind. Denken Sie doch nur an Abhandlungen zum Thema Gott: Oft wird aus den Texten nicht einmal klar, ob es dem Verfasser um Gott selbst geht, oder um eine Vorstellung, die die Menschen darüber haben."

„Beim Thema Gott geht es immer um Vorstellungen."

„Natürlich, doch sollte klar sein, ob sich das Gespräch auf das Objekt selbst bezieht, oder auf die Vorstellung, die wir davon haben."

„Spielt das in Bezug auf Gott eine Rolle?"

„Das will ich doch meinen! Man sollte nie das Modell mit der Wirklichkeit verwechseln. Es macht einen großen Unterschied, ob man nach einer Speisekarte greift oder nach einer Mahlzeit, einerlei, welche Vorstellungen man von der Mahlzeit hat."

„Modell. Wirklichkeit. In Bezug auf Gott ist doch klar, dass es nur um Denkmodelle gehen kann."

„Der Leser sollte wissen, woran er beim Verfasser ist. Versuchen Sie mal, eine Speisekarte zu essen. Sie werden rasch feststellen: Modelle schmecken ziemlich pappig, und satt wird man nur durch die Wirklichkeit. Im Übrigen geht es letztlich immer nur um eine Frage: ‚Gibt es ein Weiterleben nach dem Tod, oder nicht?' Alles Andere ist doch Blech!"

„Nun, ob ,alles andere Blech' ist, wie Sie sagen, wird sich zeigen, insbesondere im Hinblick auf unser Ausgangsthema, die Liebe. Oder glauben Sie, Herr Eisener, dass man unsere Liebesfähigkeit unabhängig von unserem Gottesverständnis betrachten kann?"

Eisener lehnte sich ein wenig zurück. Er dachte nach. Kort war wieder ganz in der Gegenwart, und auch Fecht wirkte wacher als vorher.

„Offen gestanden bin ich mir darüber noch nicht klar geworden, Herr Bigot. Der Verfasser führt einiges zur Entwicklung von Religion an, doch der Bezug zur Liebe unter Menschen ist für mich nicht klar geworden."

„Nun, fangen wir ganz von vorne an. Von Anbeginn sah sich der Mensch der Natur und seiner selbst entfremdet. Er empfand schmerzlich die Trennung zwischen den Dingen um ihn und seinem Selbst. Hieraus entspringt sein Bedürfnis nach Transzendenz."

Fecht sah Bigot unwillig an. Dieses Wort ,Transzendenz'. Immer wieder war es in dem Buch aufgetaucht, hatte es durchzogen wie ein Irrlicht ein Sumpfgebiet, in dem der einsame Wanderer jederzeit versinken konnte. Es war die Unschärfe, unter der er litt. Die Unschärfe der Bedeutungen von Begriffen, die sein Selbstverständnis aber unfehlbar zu treffen schienen.

„Dieses schmerzliche Gefühl des Getrenntseins versuchte er zu überwinden, indem er etwas ihm Übergeordnetes, nicht Fassbares, annahm."

„Die Annahme ist die Mutter allen Durcheinanders!", schoss es Eisener durch den Kopf.

„Anfangs waren Gottes- und Naturerscheinungen dem Menschen noch dasselbe. Dann schuf er sich Götzenbilder und betete sie an. Damit begann seine Entfremdung. Bei sehr unreifen Menschen – und

42

deren gibt es viele in unserer westlichen Kultur – finden Sie dieses Stadium heute noch. Später begann der Mensch zu abstrahieren. Die Mutter als Befriedigerin seiner Elementarbedürfnisse trat an die Stelle der Götzenbilder, und das abstrahierte mütterliche Prinzip stand nun für das Göttliche. In einer weiteren Stufe seiner Entwicklung entdeckte der reifere Mensch die väterlichen Prinzipien. Nicht mehr die Elementarbedürfnisse, sondern die abstrakten Sachverhalte, das Planen, das Erfinden, das Erschaffen, Prinzipien und Moral standen nun für das Höchste. Es sind dies väterliche Eigenschaften, und die Vaterreligion verkörpert mit ihrer Gottesvorstellung die Abstraktion des väterlichen Prinzips. Immer noch aber bezieht sich die Gottesvorstellung auf ein Wesen außerhalb des eigenen Selbst. Erst der reife Mensch hat die mütterlichen und väterlichen Prinzipien verinnerlicht und zu einem Teil seiner selbst gemacht. Die Bezeichnung ‚Gott' ist für ihn zu einem Symbol geworden, die dasjenige bezeichnet, was er als wertvoll, gut und richtig schätzen gelernt hat."

„Was hat das alles mit der Liebe zwischen Menschen untereinander zu tun?", wollte Fecht wissen. Er spürte, wie er dem Gespräch allmählich entrückte. Es war wie beim Schach spielen. Fecht mochte dieses Spiel nicht.

In früher Jugend hatte er es gern und mit Begeisterung gespielt. Als er heranwuchs, wurde er immer stärker von dem Gefühl erfasst, dass es weit Wichtigeres zu bedenken gäbe, als irgendwelche Figuren auf einem Spielbrett nach raffinierten Gedankenkapriolen hin- und hertanzen zu lassen. Es fiel ihm immer schwerer, das Vorgehen seines Gegners abzuschätzen und die eigenen Züge zu planen.

Schließlich kam es so weit, dass sich eine tiefe Schwermut seiner bemächtigte, sobald er zu einem Spiel aufgefordert wurde. Hinter der Raffinesse der gegnerischen Züge versank ihm die menschliche Nähe des Gegenübers in Bedeutungslosigkeit. Zuletzt hatte Fecht das Gefühl gehabt, ebensogut gegen Automaten spielen zu können.

„Lassen Sie mich fortfahren!", hob Bigot die Hand. „Nur dieser reife Mensch ist zu lieben wirklich in der Lage. Es besteht eine Parallele zwischen der Entwicklung der Menschheit und ihrem Gottesverständnis auf der einen und der persönlichen Entwicklung eines einzelnen Menschen und seiner Liebesfertigkeit auf der anderen Seite. Das Kind als unreifer Mensch bedarf seiner Eltern. Das beginnt bei den Elementarbedürfnissen, die durch die Mutter befriedigt werden, und geht weiter beim stetig Heranwachsenden, der vom Vater angeleitet wird, seinen Platz im Leben einzunehmen. Mit stetiger Entwicklung – sofern sie denn stattfindet – lernt der Heranwachsende, die Vater- und Mutterrolle selbst zu übernehmen und schließlich zu verinnerlichen. Gelingt dieser Prozess sowohl geistig als auch gefühlsmäßig, so gelangen wir zum reifen Menschen. Er hat Gott transzendiert. Er braucht keine Vorbilder und keine emotionalen Krücken. Wen immer er liebt, liebt er um seiner selbst willen. Schauen wir uns die Überbewertung des Materials in der westlichen Kultur und die dort praktizierte Religiosität an, so erkennen wir leicht, bei welchem Reifegrad die meisten Mitglieder dieser Kultur stehen geblieben sind. Eine Analyse zwischenmenschlicher Beziehungen, insbesondere von Paarbeziehungen, illustriert das nur allzu deutlich. Fast immer sucht einer beim Anderen einen Vater- oder

Mutterersatz, eine Ergänzung zum eigenen unvollkommenen Selbst. Das aber ist keine Liebe, sondern lediglich eine Symbiose."

Fecht staunte darüber, wie treffend Bigot aus dem Buch zu seiner Frage zitiert hatte. Zugleich ärgerte es ihn, dass all das konkrete Probleme zwischen liebenden Menschen nur am Rande berührte. Doch hatte der Verfasser nicht schon in seinem Vorwort geschrieben, dass er keine Lösungen anbieten könne?

Kort blickte stumpf vor sich hin. In seinen Augen stand Ratlosigkeit. Mit wem hätte er eine Symbiose aufbauen und was hätte er dazu beisteuern können?

In Eisener klangen ein paar Worte aufdringlich nach, wurden lauter, verdichteten sich zu Forderungen und schließlich zu Befehlen:

„Keine emotionalen Krücken!

Kein Bedürfnis nach Vater, nach Mutter!

Kein Anlehnen dem reifen Menschen!

Sich seiner selbst gewiss sein!"

Der Feind hatte eine Reihe von Batterien und Salvengeschützen herangezogen und bearbeitete nun das Fabrikgelände damit. Dann hatte ein sowjetischer Tiefflieger die Funkstelle zerschossen. Die Verbindung zum Fliegerkorps! Bei schneidendem Ostwind bauten sie die Apparate aus und bargen sie in einem Keller.

Abgeschnitten!

Isoliert!

Es galt, in diesem Keller mit seinen bebenden Wänden bei klirrendem Frost und dem unablässigen Geheul der Stalinorgeln die Funkverbindung wieder herzustellen. Einer ging los, etwas zum Heizen zu suchen. Er fand. Er fand das Wrack einer Ju88 – ein Funkgerät!

Geborgen!

Eingebaut!

Angeschlossen – Strom!

Frequenz eingestellt, getastet, Rufzeichen!

Wieder und wieder versucht der Funkunteroffizier. Im ohrenbetäubenden Artilleriefeuer ist nichts zu hören. Er presst den Kopfhörer noch fester ans Ohr. Die blakende Benzinfunzel wirft ihr spärliches Licht auf den Funker, auf das Gerät. Wie irr zittert seine Hand über der Morsetaste. Eisener erscheint es wie ein Flehen zum Himmel.

Endlich eine Rückmeldung.

Bitte um Luftunterstützung!

Spruch um Spruch wird hinausgejagt.

Dieses Gerät.

Dieser Draht, der zum Himmel weist.

Bitte, bitte, bitte – wir verrecken!

Hat der Herr ihr Flehen erhört?

Eine Detonation fährt in den Keller, schleudert den Funker mit Wucht in das einstürzende Mauerwerk.

Am Abend dieses Tages hatte Eisener sich zum ersten Mal gefragt, ob es einen Gott gibt. In Stalingrad. Oder sonstwo.

„Du sollst das Material nicht anbeten!"

„Nur ein sehr unreifer Mensch vergöttert das Material!"

– Der Zweifel focht ihn an.

Längst schwieg Bigot, genoss die Wirkung seiner Worte. Und doch hörte Eisener diese Sätze wieder und wieder, schienen sie wie ein hundertfaches Echo von den Abteilwänden zurückzuhallen. Dann stutzte er. Es wehrte sich etwas in ihm. Ihm wurde bewusst, dass Bigot die Menschen in Erkenntnisklassen einteilte, und er fragte sich, mit welchem Recht. Wie kam er dazu? Das Schweigen im Abteil bildete einen seltsamen Kontrast zum Fahrgeräusch. Eisener fragte sich, ob abstrakte Gedankengebäude dem Alltagsverstand wirklich so überlegen waren, wie deren Urheber dafür beanspruchten. Oder ob sie sich nicht vielmehr an eben diesem Alltagsverstand messen lassen mussten, an der Wirkung des Erlebten.

Eine Weile noch überdachte Eisener Bigots Äußerungen zu Religiosität und Liebesfähigkeit. Welches arme Schwein von Mensch sollte all dem entsprechen können? Dann fixierte er Bigot und entgegnete:

„Bei Werken wie diesen frage ich mich, ob sie wirklich dazu dienen, ihre Leser zu erleuchten, oder nicht vielmehr dazu, sie zu erschlagen! Im Grunde besagen diese Ausführungen kurz und klar: ‚Es gibt keinen Gott. Also bleibt dem Menschen nichts anderes übrig, als bestimmte gute einem Gottwesen zugeschriebene Eigenschaften selbst umzusetzen, anstatt Hilfe von diesem nicht vorhandenen Wesen zu erwarten‘. Unabhängig davon frage ich mich, ob der Mann sich so sicher sein kann, dass es keinen Gott gibt. Es spricht vieles, sehr vieles, dafür. Aber einen Beweis haben wir nicht. Diese Selbstsicherheit mag charakteristisch für einen reifen Menschen seines Sinnes sein, Kennzeichen einer wissenschaftlichen Betrachtungsweise ist sie ganz gewiss nicht!“

„Nun machen Sie aber einen Punkt, Herr Eisener! Ich glaube nicht, dass Sie den theoretischen Hintergrund dieses Werkes beurteilen können!“

„Muss ich auch nicht. Es ist wie bei einem Lexikon. Ich schlage darin nach, um etwas zu erfahren, nicht um die Qualität der darin aufgeführten Erklärungen zu beurteilen. Das heißt für mich vor allem anderen:

Fasse dich so kurz und klar wie möglich!"

„Das können Sie wohl kaum vergleichen!" Bigot war für „Liebe – die Herausforderung" in einem Maße eingenommen, die sowohl Fecht als auch Eisener erstaunte. Kort hing wie gebannt an Eiseners Lippen, als dieser fortfuhr:

„Wenn einer etwas zu sagen hat, soll er es einfach und klar sagen, so, dass ein guter Alltagsverstand es erfassen kann. Kann er das nicht, muss er eben so lange weiterarbeiten, bis er es kann. Sonst braucht er sich nicht zu wundern, wenn seine Erzeugnisse im Ofen landen!"

„Sie haben sehr klare Ansichten, Herr Eisener!"

„Muss er auch!", warf Fecht ein. „Wie soll sich dem Leser ein Sinn erschließen, wenn der Verfasser mehr Wert darauf legt, seine Gelehrtheit darzustellen, als seine Sache? Einer der größten Feinde der Erkenntnis ist die Eitelkeit. Als die Royal Society Faraday bat, die Präsidentschaft der Gesellschaft anzunehmen, soll er gesagt haben:

,Wen der Herr verderben will, den schlägt er mit Hoffart. [...] Mein Vater war Hufschmied, mein Bruder ist Klempner. Ich bin einmal Buchbinderlehrling geworden, um überhaupt ein Buch lesen zu können. Ich heiße Michael Faraday, und so soll es auch einmal auf meinem Grabstein stehen.'[1]

Ganz im Ernst: Ein gut Teil dessen, was mir in letzter Zeit den Schlaf raubte, war das Wortgedröhn, das der Verfasser über mir entlud!"

„Wortgedröhn? Dafür werden Sie ..." Bigot hatte sich schon wieder im Griff, als Kort beschwichtigte:

„Ich bitte Sie, Herr Bigot, nehmen Sie es sich nicht so zu Herzen! Es ist doch nur ein Buch!"

Kort meinte, was er sagte. Und doch war es dieses „nur", das ihn bedrückte, kaum dass es ausgesprochen

---

[1] Karl-Aloys Schenzinger, Metall

war. Es schien sich vor ihm aufzublähen, schien ihn zu verhöhnen, zu ersticken. Bigot sah ihn mit einem Blick an, in dem ein Stechen lag, das ihn augenblicklich schweigen ließ. Dieses „nur" breitete sich vor Kort aus, zerfraß seine Gedanken und sein Empfinden, es nahm ihm die Sicht. Korts Hände begannen unmerklich zu zittern, ihn befiel eine entsetzliche Angst, es war wieder da: Gas! Wieviele Stationen noch bis zur Endstation? Kort wollte nicht warten, konnte nicht warten. Er spürte: Er musste raus!

„Schon gut, Herr Bigot", ergänzte Fecht. „Lassen wir es gut sein!" Und mit einem Seitenblick auf Eisener ergänzte er lächelnd: „Überlassen wir solche Fragen den Pferden, von wegen größerer Köpfe ..."

3

Die Entwertung sagt nicht: „Du hast unrecht!"
Die Entwertung sagt: „Es gibt dich nicht!" Sie
breitet sich aus. Sie erreicht alles und jeden,
jeden Glauben, jedes Gefühl, jede Schlussfolge-
rung. Lautlos, gestaltlos, unsichtbar und un-
fassbar. Sie lässt nichts übrig, es gibt keinen
Schutz – es sei denn, sie als solche anzuzwei-
feln. Das aber gleicht einer Herkulesaufgabe.

Die nächste Station war gekommen.

Der Zug hielt.

Kort erhob sich.

Er war im Innersten ergriffen, schämte sich ob seiner Flucht.

Mit dem Gefühl, Fecht und Eisener etwas schuldig zu sein, stellte er sich endlich vor:

„Mein Name ist Wilhelm Kort, Kort wie ‚Krieger'.

Und ich sage Ihnen:

Wenn eine Frage einmal gestellt ist, ist sie Wirklichkeit geworden. Nichts kann sie mehr aufhalten, nichts kann sie aus der Welt schaffen, als die Antwort. Alles andere ist Selbstbetrug! Sie sind Mathematiker, Maschinist, was auch immer. Ich fordere sie auf:

Führen Sie Ihre ganze Logik ins Feld!

Zerlegen Sie Aussage um Aussage!

Suchen Sie den Widerspruch in den feindlichen Linien!

Um Ihrer Selbstachtung willen:

Geben Sie nicht auf!

Feuern Sie, bis die Rohre glühen,

bis zum letzten Geschoss,

bis zum letzten Atemzug,

wie schon der Russe forderte:

‚Ni Schagu nasad!' "

Auf Korts Stirn stand der Schweiß. Er schrie es, er brüllte es:

„Ni Schagu nasad!

Ni Schagu nasad!"

Dann begann er in sich zusammenzusinken. Müde winkte er ab:

„Aber ach, was rede ich da?

Das Gas ist stärker.

Kein Winkel, den es nicht erreichte,

kein Filter, das es nicht letztlich doch durchdränge.

Es gibt nichts mehr, es ist nichts mehr, nichts, nichts, nichts!"

Mit einem Ausdruck qualvoller Leere im Gesicht stand er da.

„Ich bitte Sie!" Bigot war die personifizierte Bestürzung.

„Wir haben alle viel durchgemacht, Sie vielleicht noch mehr. Doch bedenken Sie: Zeit heilt alle Wunden!"

Nachdenklich sah Kort auf seinen Ellbogen. Auch seine Wunden waren verheilt. Aber das Gelenk war steif geblieben.

„Haben Sie jemals in eine Pistolenmündung geschaut?", wandte er sich an Bigot, „Wissen Sie, was Grünkreuz ist?"

„Nein. Ist das von Bedeutung?"

Korts Hand zitterte, als er nach der Tür zur Plattform griff. Ehrerbietig sprang Bigot hinzu und half dem alten Mann nach draußen.

Eisener fragte sich, was er von Korts Abgang halten sollte. Irgend etwas an ihm war ihm bekannt vorgekommen. Aber was?

Dieser Gesichtsausdruck,

dieser Blick!

– Wilhelm!

Die Erinnerung kam blitzartig.

Er war derjenige, welcher ihm damals ... – Eisener musste sich die Beine vertreten.

Als Bigot zurückkam, stand er auf.

„Na, na, fliehen Sie vor mir?" Bigot fragte es mit einem entwaffnenden Lächeln, doch Eisener war nicht wohl dabei.

„Weniger vor Ihnen denn vor dem Gedankenwirbel, den der Herr Kort da losgetreten hat. Ich brauche jetzt frische Luft, muss das erst mal ein wenig ordnen."

„Das kann ich mir vorstellen! Ihnen könnten sich da ganz neue Dimensionen auftun. Wer weiß, Herr Eisener, vielleicht sollte man nicht so schnell alles anzünden, was brennbar ist!" Bigot sagte das nicht eine Spur weniger freundlich. Fecht überlegte einen Augenblick, ob er mitgehen sollte, ließ es dann aber bleiben. Irgend etwas hielt ihn zurück.

Eisener durchlief einige Wagen. Es trieb ihn. „Es ist etwas im Zug", hatte das Kind vorhin geschrien. Es war seltsam, dass sich die Leute in den anderen Wagen mittlerweile drängten, während der der Gruppe Eisener fast leer war. Der Seitenhieb Bigots machte ihm wenig aus. Weit mehr beschäftigte Bigot selbst ihn. Wer war dieser Bigot – oder was war er?

Auf der nächsten Plattform verharrte Eisener. Er hörte das Fauchen der Lokomotive und die heisere Warnung der Dampfpfeife. Das Kreischen der Räder in den Kurven. Er sah das rhythmische Spiel der Puffer, wie sie einander bald berührten, bald abstießen. Zahnräder erstanden vor seinen Augen, Kolben und Pleuel. Sie griffen ineinander, drehten sich in harmonischem Spiel. Unablässig rasten die Kolben auf und nieder, unzählige Male in jeder Minute. Gesetz, dem sie gehorchten! Sie durchfuhren jetzt die Hügellandschaft, die Eisener immer besonders genoss. Die Hänge warfen das Fauchen der Lokomotive zurück als rhythmisches Echo. Ein Gefühl von Ehrfurcht überkam Eisener. Bigot? Bigot schien Techniker für eingeschränkte Wesen zu halten. Für Eisener stand fest: Was immer Bigot war, Techniker war er nicht, und Techniker verstand er nicht.

„Verdunkeln!" Fecht sah die Plakate wieder vor sich. Überall hatten sie gehangen: Eine Stadt bei Nacht aus der Vogelperspektive gesehen, mit Licht in einem einzigen Haus. Darüber ein feindliches Flugzeug, auf dem ein Gerippe saß, das eine Bombe warf. Das Gerippe auf dem Flugzeug, wer kannte es besser als er? Er, der es verkörperte, er, der Stukaflieger Hartmut Fecht. Die Stukas waren nur bei Tage geflogen, doch was machte das letztlich aus? Dem Feind war er dieses Gerippe gewesen, und nun war ihm, als säße es neben ihm, schickte sich gar an, eine Hand nach ihm auszustrecken.

„Was soll man nun dazu sagen?", wandte Fecht sich an Bigot. „Im Grunde hat Herr Kort recht: Man muss das mal genauer betrachten, den Weizen von der Spreu trennen. Diese Sache mit der Transzendenz, der Konzentration, den verinnerlichten göttlichen Prinzipien, woher kommt das alles?"

„Befassen Sie sich mit östlicher Weisheit, und Sie werden sehen!"

„Hier und da habe ich etwas zu diesem Bereich gelesen. Die scheinen davon auszugehen, dass unser ganzes Denken und Empfinden hier im Abendland ein einziger großer Irrtum ist. Woher Menschen die

Sicherheit nehmen, derartig weitreichende Behauptungen in die Welt hinauszuposaunen, ist mir nicht klar. Die Bescheidenheit Michael Faradays spricht daraus ganz gewiss nicht. Doch auch sonst scheint es mit der Überlegenheit des Ostens nicht so weit her sein, wie Sie mit Ihren Seitenhieben auf die abendländische Kultur glauben machen wollen. So las ich einmal über jemanden, der bei einem japanischen Lehrer fernöstliche Weisheiten hatte lernen wollen. Offenbar prahlte dieser Schüler eines Tages vor seinem Lehrer allzu sehr mit dem bisher Gelernten. Jedenfalls verbat sich der Lehrer, dass seine Gedankenwelt von den Ergüssen des Schülers besudelt würde, und schlug denselben mitten ins Gesicht.

So etwas, Herr Bigot, ist für mich nicht tragbar. Kein noch so überlegenes Wissen rechtfertigt für mich Gewalt gegen einen Menschen, von Notwehr einmal abgesehen. Dieser Lehrer offenbarte damit nur Eitelkeit und Unbeherrschtheit – die gleichen Laster, die auch den Menschen hier Schwierigkeiten machen."

„Sie müssen so reden", warf Bigot leichthin ein. „Sie messen an den Ihnen geläufigen Wertvorstellungen – und kommen so zu falschen Schlüssen! Der Kern dessen, was ,Liebe – die Herausforderung', vermitteln will, liegt aber in einem anderen Bereich. Lassen Sie sich darauf ein! Sie werden das lernen!"

Fecht war verunsichert. Wer war dieser Bigot, dass er so zu ihm sprach? Wäre doch Eisener bei ihm. Eisener hätte Rat gewusst!

Eisener war respektlos.

Eisener ließ sich nicht beirren.

Eisener sprang ganz anders mit solchen um.

So einer konnte Rechenmaschinen seinen Willen aufzwingen, sie tun lassen, was er wollte!

Man hatte seine liebe Not mit sich. All dieses Weltanschauungsgewirr. Selbst die offensichtlichsten Dinge schienen plötzlich unklar zu sein. Überhaupt war das mit Fechts Empfindungen so eine Sache.

Schon zu seiner Kinderzeit hatte es geheißen, er habe keine. Er habe ja nicht einmal geweint, als die Oma gestorben war. Doch wie hätte er sollen? Es war ja so kalt, dass die Tränen schon gefroren, bevor sie geweint waren. Zu einer Zeit, als ganze Säcke voller Geld nicht mal für einen Laib Brot reichten, hätte man Eisenbahnladungen davon gebraucht, um an Wärme zu kommen!

Ein Rucken riss Fecht aus seinen Grübeleien. Die Gleisanlagen waren abgenutzt, besonders die Weichen. Jetzt, im Sommer, ging es noch. Doch im Winter, wenn die Spielräume zwischen den Stößen noch größer wurden, war so eine Fahrt eine einzige Zumutung. Geld. Geld, das nicht da war!

„Mich darauf einlassen? Ich bin mir nicht sicher, ob das einen Sinn hat. Ich lese nicht das erste Mal über Leute, die angeblich irgendwelche außergewöhnlichen Erkenntnisse hatten und dann ihr Leben in den Dienst dieser Sache stellten. Oder die jahre- oder jahrzehntelang etwas übten, und dann Außergewöhnliches fertigbrachten. Sei es, dass irgendwelche Zirkusartisten sich verknoten können, oder dass irgendwelche Schamanen ihren Herzschlag oder ihre Gedanken anhalten können. Darin kann ich keinen Sinn sehen. Es wird doch seinen Grund haben, dass das Herz bei gesunden Menschen automatisch richtig schlägt und das Gehirn ständig etwas Bestimmtes denkt, anstatt zuzeiten in einer gedankenleeren Nullstellung zu verharren!"

Eine Weile pausierte Fecht und dachte nach. Bigot sah ihn mit einem Blick an, als wollte er sagen: „Und? Und? Nichts weiter?" Fecht ergänzte schließlich:

„Mir ist das alles zu weitschweifig. Ehe der Verfasser mit weltumspannenden Visionen über Mensch und Kosmos auf den Leser eindrischt, sollte er doch erst mal erklären, wie Menschen im Alltag Liebe oder wenigstens Verständnis zueinander leben können. Jeder Mensch ist doch ein Individuum, mit ganz bestimmten Bedürfnissen, Fertigkeiten und Schwierigkeiten. Wie die besser zueinander finden können, davon steht in diesem Buch überhaupt nichts. Insbesondere vermisse ich irgendwelche Hinweise darauf, wie man ein Individuum überhaupt erst mal verstehen kann."

„Ihnen scheint recht viel am Individuum zu liegen, Herr Fecht. Was ist Ihnen das Individuum, was bedeutet es Ihnen?"

„Das Individuum ist für mich der Gegenstand meiner Liebe, denn für mich ist der Begriff ‚Liebe' nur im Zusammenhang mit bestimmten Personen denkbar. Zwar wird in dem Buch gefordert, dass man die ganze Welt lieben soll, doch erscheint mir das schon aus Zeitgründen nicht möglich."

„Warum das?" Fecht spürte, dass Bigot ihm weit aufmerksamer zuhörte, als die meisten seiner Bekannten oder Kunden – und wunderte sich, dass ihm dabei nicht wohl war.

„Wenn Liebe nicht ein abstrakter Begriff bleiben soll, muss ich irgend etwas tun, um sie zu zeigen und zum Wohle meines Gegenübers umzusetzen. Dafür benötige ich Zeit. Daher werde ich mich auf einen Menschen oder eine Gruppe von Menschen ausrichten, die mir der Bemühungen würdig erscheint. Die Bedingung dafür ist für mich ein gegenseitiges Verständnis, was je nach der Art der beteiligten Individuen sehr unterschiedlich ausfallen kann."

„Hm ... Sie sprechen von einer Bedingung. Wenn Sie Bedingungen stellen, Herr Fecht, dann erwarten Sie etwas. Zum Thema Erwartungen im Zusammenhang mit Liebe steht auch einiges im Buch. Haben

Sie das überlesen?"

„Nein, ebensowenig wie mein Freund Eisener, der eingangs schon Stellung dazu bezog. Ich schließe mich seinem Standpunkt an. Wer nichts – wirklich nichts – von seinem Gegenüber erwartet, erwartet nicht einmal, anständig behandelt zu werden. Wer da an den Falschen gerät, läuft mit dieser Einstellung geradewegs in sein Verderben. Was ist von einem Ratgeberbuch zu halten, Herr Bigot, das seine Leser ins Verderben schickt?"

„Das ist ein anderes Thema. Kommen wir noch einmal zurück zum Verständnis: Eine durch gegenseitiges Verständnis getragene Liebesbeziehung. Glauben Sie, dass das ausreicht, Herr Fecht?"

„Für mich muss noch etwas dazukommen, wenn so etwas auf die Dauer tragfähig sein soll: Ich muss an mich selbst und an den Anderen glauben. Das heißt, ich muss mir sicher sein, dass meine Grundüberzeugungen und die des Anderen später noch die gleichen sein werden, wie sie heute sind. Also dass das Charakteristische, was genau diese Persönlichkeit ausmacht, beständig ist. Das ist für mich das Wesentliche, das hinter dem Wort ‚Ich‘, unserem Selbst, steht. Wenn wir davon keine klare Vorstellung haben, wenn wir uns dessen nicht sicher sind, können wir dem Anderen nichts Verlässliches mehr von uns geben, wird auch Treue unmöglich. Überhaupt, Herr Bigot, glaube ich, dass dieses Selbst, dieser Kern unserer Persönlichkeit, der letztlich unser Sein ausmacht, die Grundbedingung für alles Weitere ist. Sich selbst zu kennen, sich auf sein Selbst verlassen zu können, nötigenfalls auch für sein Selbst zu kämpfen, das scheint mir nicht nur in Sachen Liebe das Wichtigste überhaupt zu sein. Vielleicht war es das, was Herr Kort meinte, als er das Stalinzitat brachte, dieses ‚Ni Schagu nasad‘ – Kein Schritt zurück!"

Bigot fixierte Fecht lange, fast zu lange, nachdem dieser geendet hatte. Endlich beugte er sich etwas vor, öffnete eine Hand und hob an: „Ist Ihnen schon einmal in den Sinn gekommen, Herr Fecht, dass unsere Selbstwahrnehmung Einbildung sein könnte? Unsere Welt existiert nicht wirklich. Sie ist das Resultat einer Fehlwahrnehmung unseres eigenen Bewusstseins. Infolgedessen glauben Sie, dass es ein Ich auf der einen und eine Welt auf der anderen Seite gibt. Kindliche Illusion! Auch die Annahme eines vom Selbst abgetrennten Schöpfergottes ist Illusion. Die Welt ist unsere Auslegung unseres eigenen Erlebens, keine Schöpfung. Das Ich, die Welt, Gott und was sonst Ihnen an Begriffsinhalten selbstverständlich sein mag: Vergessen Sie es, Illusion!"

Fecht erinnerte sich an einen furchtbaren Kindheitstraum:

Irgendeine höhere Macht hatte seine Worte ihrer Bedeutungen entkoppelt und per Zufall neue Paare aus ihnen gebildet. Seine sämtlichen Worte bedeuteten plötzlich etwas anderes, und seine Eltern verstanden ihn nicht mehr. Er sprach mit seinen Eltern darüber, doch sie verstanden nicht, worum es ihm ging. In diesem Augenblick war Fecht der einsamste Mensch der Welt gewesen. Er fror plötzlich. Mitten im Sommer war ihm so kalt wie damals, als er das letzte Mal im Kessel gelandet war.

„Herr Bigot," sagte Fecht mit schwerer Stimme, „Ich glaube nicht, dass wir alles richtig sehen, oder gar alles verstanden hätten. Das, was wir wahrnehmen, wird nur ein kleiner Teil dessen sein, was ist. Für mich ist es wie bei einem Puzzlespiel. Man hat nur wenige Teile vom Ganzen und bemüht sich, sie richtig einzuordnen. Diese wenigen Teile sind aber genauso wirklich vorhanden wie der Rest des Puzzlespiels."

„Eben nicht, Herr Fecht, eben nicht! Das ist ja gerade der grundlegende Denkfehler des modernen Menschen, dass er für wirklich hält, was er wahrnimmt. Kommen wir noch einmal auf Ihren Begriff ‚Verstehen' zurück. Sie legen großen Wert auf Verständnis als Grundlage von Liebe. Was lässt uns denn glauben unser Gegenüber zu verstehen? Doch wohl die Worte einer gemeinsam gesprochenen Sprache. Ein Wort bedeutet für Sie etwas. Die Bedeutung ruft in Ihnen eine Empfindung hervor. Stillschweigend gehen Sie davon aus, dass das diejenige Empfindung ist, die der Andere durch seine Wortwahl übermitteln wollte. Ihnen liegt das nahe, ist das selbstverständlich, weil Ihr Gegenüber in derselben Kultur und mit der gleichen Sprache aufgewachsen ist.

Sie wähnen, das augenblickliche Empfinden Ihres Gegenübers zu teilen,

ihn verstanden zu haben,

mit ihm eins zu sein.

– Ein folgenschwerer Trugschluss!"

„Ich kann darin keinen Trugschluss sehen. Schließlich merke ich an den Reaktionen meines Gegenübers, ob ich verstanden habe, oder nicht!"

„Nein, nein, Herr Fecht! Eine stimmige Reaktion, ein schlüssiges Verhalten ist kein Beweis für ein gemeinsames Verständnis, für tatsächliche Geeintheit. Das, was Sie da beschreiben, können auch Maschinen leisten. Vielleicht heute noch nicht, aber man wird sie bauen können. Glauben Sie mir, es ist Illusion anzunehmen, dass eine Geeintheit zwischen Individuen möglich ist. Das, was Sie Individuum nennen, ist etwas Abgeschottetes und wird es immer bleiben.

Einheit gibt es nur durch das Aufgehen im absoluten Nichts!"

„Es ist Illusion – Illusion – Illusion ...!", schien es ihn von überall her anzuschreien. Fecht zitterte vor Kälte, sah das stechende Rot in Bigots Augen und fühlte, wie dessen Worte ihm die Kraft entzogen. Er spürte ein Würgen im Hals ... Kamerad, wo bist du? ... Hörst du die Ratsch-Bumm, das Requiem der Stalinorgeln? ... Ich bin abgeschnitten!

Wenn Eisener auf Bahnfahrten etwas durch den Kopf gegangen war, dann war er schon immer zur Endplattform gegangen. Oft verlor sich dort sein Blick in der Ferne. Er wartete dann geduldig, bis seine Gedanken sich ordneten und der erhoffte Einfall kam. Seien es Musikstücke, Äußerungen von Freunden oder Texte aus Büchern, er ließ sie sich durch den Kopf gehen, wie sie gerade kamen. Selbst im Winter hatte er nicht auf dieses Gefühl des Vibrierens unter seinen Füßen, diesen Blick in die Ferne, dieses Gefühl des Losgelöstseins aus dem Alltag verzichtet. Heute aber stimmte etwas nicht, wollte die Entspannung nicht recht aufkommen.

„Eigenartig!" ging es Eisener durch den Kopf. „Die Luft flirrt noch immer vor Hitze – und doch scheinen mir Spuren von Nebel in der Luft zu hängen. Das ist nicht möglich – und doch!"

Es war wieder da, dieses Gefühl.

Diese Ahnung, die er aus längst vergangenen Zeiten kannte.

Diese Befürchtung, die sich schließlich zur Gewissheit verdichtete:

Der Feind stand vor der Tür.

Warum? Und warum jetzt und hier? Seine Gedanken begannen zu springen. Es war da noch etwas. Etwas Anderes. Zum ersten Mal fragte Eisener sich, ob es eine Wirklichkeit hinter der Wirklichkeit geben könnte. Irgend etwas Großes, Umfassendes, gegenüber dem seine bisherigen Wahrnehmungen vergleichsweise wenig zählten. Mit einem Gefühl wachsender Unruhe ging er zu Fecht und Bigot zurück. Irgend etwas trieb ihn zur Eile an.

Das Gespräch mit Bigot hatte Fecht völlig erschöpft. Nur zu deutlich zeigte sich der Schlafmangel. Jetzt lehnte er wie benommen am Fenster. Bald wähnte er sich schlafend, meinte zu träumen. Erst waren es einzelne Szenen, bizarr und zusammenhanglos. Erlebtes, erdachtes, gelesenes. Dann folgte eine Begebenheit aus dem zweiten Krieg:

Er ist wieder auf Feindflug. Bei schlechtestem Wetter ist der Befehl zum Angriff gekommen. Sie durchfliegen eine dicke Wolkenschicht, wegen der Flak. Dennoch bellt sie unablässig. Gleich einem wutentbrannten Todesboten jagt sie ihre Geschosse in den Himmel. Das ganze Geschwader fliegt Richtung Norden. Da diese Flugzeuge nicht blindflugtauglich sind, muss der Verbandsführer mit Hilfe der wenigen Instrumenten seine Maschine so halten, als wären sie es. Alle anderen fliegen gefährlich nahe beieinander. Sichtkontakt, nur wenige Meter zum Nebenmann! Etwas mehr Abstand, und der Nebenmann ist nicht mehr auszumachen. Ständig die Gefahr eines Zusammenstoßes. Am Instrumentenflug des Verbandsführers hängt alles. Sie fliegen in einer geschlossenen Wolkendecke, über 2000 Meter hoch. Nach wie vor keine Erdsicht. Die Wolkendecke lockert etwas auf. Fecht durchzuckt es. Unten glaubt er etwas zu erkennen. Irgendwo da unten muss das Ziel sein. Fecht kann es nicht ausmachen, weil die Wolkenlöcher nur winzig sind.

Sein Gesicht ist weiß.

Etwas stimmt nicht.

Ist das möglich?

Sein Bordfunker ist weg!

Da sieht er etwas durch so eine Öffnung, drückt nach unten und verschwindet im Wolkenloch. Fecht glaubt sein Ziel vor sich, sieht es mit rasender Geschwindigkeit auf sich zukommen. Der Motor dreht hoch in irrwitzigem Aufschrei, Flammen von mörderischer Hitze schießen aus den Auspuffrohren. Über 1000 PS schreien nach Vernichtung, die Angst eint Pilot und Maschine, steigert sich ins Wahnwitzige, heißt sie mit unvorstellbarer Wucht in die Tiefe rasen. Schon heult die Jerichotrompete, schwillt an zu infernalischem Lärm – Sturzkampf!

Plötzlich – Dunkelheit!

Die Bombe auslösen, der Knopf – weg!

Der Steuerknüppel – weg, einfach weg!

Mit atemberaubender Geschwindigkeit rast die Maschine durch einen dunklen Schacht senkrecht in die Tiefe. Schließlich der Boden, eine Falltür. Sie öffnet sich unmittelbar vor dem Aufprall, der Sturz geht weiter. Immer neue Falltüren tauchen auf, öffnen sich, immer fort geht der Sturzflug in endloser Haltlosigkeit.

Die Hölle klafft!

4

Niemand würde eine gemalte Sonne mit dem scheinenden Himmelskörper verwechseln. Auf anderen Gebieten sind die Unterschiede weniger offensichtlich. Pseudowissenschaft verhält sich zu Wissenschaft wie Farbe zu Licht.

Auf dem Rückweg steigerte sich Eiseners Unruhe. „Es ist etwas im Zug!" Die Kleine – sein Argwohn war nun Gewissheit. Er durchlief die Wagen, sah auf die Menschen, studierte ihre Gesichter und fragte sich, ob sie es wohl auch spürten.

Er erreichte ein Paar. Der Mann las aus einem Buch vor, und Eisener blieb unwillkürlich stehen:

„Woran soll ich glauben?"

„An das, was du nicht glauben kannst! Ich will es dir erklären. Ich habe einmal einen Amerikaner den Glauben definieren hören als ‚die Fähigkeit, Dinge für wirklich zu erkennen, die wir als unwirklich erkannt haben'. Und ich stimme dem Mann zu. Er meinte, wir sollten uns einen aufgeschlossenen Verstand bewahren und nicht durch eine kleine Wahrheit den Lauf der großen Wahrheit behindern lassen, wie etwa ein kleiner Stein einen Eisenbahnwagen behindern kann. Was die kleine Wahrheit betrifft, nun, so bewahren und schätzen wir sie; aber wir dürfen nicht in den Irrtum verfallen, dies sei die einzige Wahrheit des Universums."

„Du willst mich also davor bewahren, dass eine alte Voreingenommenheit die Empfänglichkeit meines Verstandes gegenüber einer sehr merkwürdigen Angelegenheit behindert. Verstehe ich deine Lektion richtig?"

„Ja. Du bist immer noch mein Lieblingsschüler! Es lohnt sich, dich zu unterrichten. Jetzt, da du bereit bist zu verstehen, hast du den ersten Schritt zum Begreifen getan."[2]

Eisener kannte das Buch. Es war Bram Stokers „Dracula". Wie es seine Gewohnheit war, hatte er auch dieses Buch mehrmals gelesen. Jedes Mal hatte er an dieser Stelle verweilt und nachgedacht. Heute verwirrte sie ihn mehr denn je, ja ängstigte ihn sogar. Einen Grund hätte er nicht angeben können.
Ein hässliches Kreischen ging durch den Wagen. Der Zug durchfuhr eine scharfe Kurve, und Eisener setzte seinen Weg fort.

An seinem Platz angelangt, setzte er sich neben Fecht und stellte erstaunt fest, wie erschöpft er sich fühlte.
„Ein wenig frische Luft geschnappt?", fragte Bigot ihn in leutseligem Ton. „Sie sehen nachdenklich aus!"
Eisener antwortete irgend etwas belangloses, bemerkte etwas über Nebel in der Abendsonne.
„Nebel? Bei dieser Hitze? Das ist doch nicht möglich! Sie standen wohl zu nahe bei der Lokomotive."
Eisener stimmte Bigot zu, wohl wissend, dass er der Lokomotive gar nicht weiter entfernt hätte sein können. Dann sah er zur Seite. Fecht war eingeschlafen doch in seinem Gesicht arbeitete es heftig. Manchmal drehte er sich hin und her. Eisener überlegte, ob er ihn nicht wecken sollte, da hielt der Zug. Nachdenklich sah Eisener aus dem Fenster und verfolgte das Treiben auf dem Bahnsteig. Die Lokomotive stampfte vor sich hin. Irgendwer füllte Wasser nach. Ihm entging nicht, dass Bigot ihn scharf beobachtete. Er fragte sich, was von all dem zu halten sei.
Von dem Buch,
von den Fragen,

---

[2] Bram Stoker, Dracula

von Bigot.

Wie aus weiter Ferne hörte er das Zischen der Lokomotive. Obwohl die Sonne bereits zu sinken begann, war es nach wie vor sehr heiß. Durch das halb offene Fenster kam der Kohlengeruch. Eisener liebte diesen Geruch. Er erinnerte ihn an den Lehrer Hadericht aus seiner Jugendzeit. In dessen Unterricht hatte es so manches zu riechen gegeben, oder zu sehen, oder zu messen. Mehr als alle anderen hatte Eisener den frühen Tod dieses Lehrers bedauert.

Hadericht unterrichtete Chemie.

So stand es auf dem Stundenplan.

Doch er unterrichtete etwas Größeres, Umfassenderes.

Anhand von Chemie.

Er unterrichtete eine Einstellung, die Eiseners Denken bis auf den heutigen Tag prägte.

So kam eines Tages die Rede auf die Phlogistontheorie. Von Professor Stahl erzählte Hadericht, von dessen verbrennlichem Wesen, dem Phlogiston. Keiner, der dem seinerzeit widersprochen hätte. Niemand zweifelte zu Stahls Zeiten am Phlogiston. Hadericht schrieb ein paar Geschichtszahlen an die Tafel, ging um den Experimentiertisch und blieb vor Eisener stehen. Eisener sah auf und fühlte den Blick des Lehrers auf sich ruhen:

„Scheele fand den Sauerstoff. Doch erst Lavoisier griff zur Waage und wies nach: Einen Stoff namens ‚Phlogiston' hat es nie gegeben!"

Die Schulglocke läutete.

Schon packten einige ihre Sachen zusammen.

„Einen Augenblick noch!", gebot Hadericht.

„Nehmt Folgendes auf jeden Fall mit:
Niemand wage es, neue Wahrheiten zu
verkünden, der nicht vorher einen Mess-
zeiger hat ausschlagen lassen!"

Der Lehrer Hadericht hatte für wissenschaftliche
Redlichkeit gestanden und stand es für Eisener bis
auf den heutigen Tag.

Ein Rucken riss Eisener aus seinen Gedanken. Der
Zug setzte seine Fahrt fort. Ein paar Leute waren
aus-, nur wenige eingestiegen. Außer den dreien saß
niemand mehr in diesem Wagen.

„An was glauben Sie, Herr Eisener?" Bigots Frage
kam unvermittelt.

„Ich glaube, dass zwei mal zwei vier ist."

„Das ist sehr wenig!"

„Es scheint so. Wenn ich aber von ‚glauben' spre-
che, dann heißt das für mich etwas ganz Bestimmtes.
Es heißt für mich nicht nur ‚für möglich halten' oder
‚wünschenswert' sondern: Von etwas so fest überzeugt sein, dass es für mich anders gar nicht vorstellbar ist. In diesem Sinne ist für mich zwei mal zwei
immer und unter allen Umständen vier. Es kann für
mich nicht sein, dass zwei mal zwei gleichzeitig auch
fünf ist. Das ist meine feste Überzeugung, Herr Bigot.
Sollte Ihnen das als wenig erscheinen, bedenken Sie,
was aus dieser Aussage folgt. Jeder Verbrennungsmo-
tor, jedes Uhrwerk, die Tatsache, dass Vögel fliegen
können – all das beruht auf den Naturgesetzen und
damit auf einfachen Grundaussagen wie dieser. Für
mich persönlich heißt das: Es steht letztlich für das
gesamte Universum!"

„So denkt der moderne Mensch!" Bigots Blick war
die Überlegenheit selbst. Er lehnte sich ein wenig zurück, verschränkte die Hände hinter dem Kopf und

fuhr fort: „Herr Eisener, können Sie sich vorstellen, dass man auf anderen Teilen dieser Erde nicht Ihrer Ansicht ist? Dass man anderswo nicht der Meinung ist, dass zwei mal zwei immer und ausnahmslos vier sein muss? Sagen Ihnen Begriffe wie ‚paradoxe Logik‘ oder ‚das absolute Nichts‘ etwas?"

Da war es wieder. Das absolute Nichts! Es hatte in dem Buch gestanden, dieses Nichts, dieses höchste Ziel allen menschlichen Strebens. Immer wieder hatte Fecht Eisener davon erzählt.

Es war das, was Fecht den Schlaf geraubt hatte.

Das, worüber Fecht immer wieder gesprochen hatte.

Dieses absolute Nichts, das stand bei Fecht für endlose Schwärze in alle Ewigkeit. Und diese ewige Hölle sollte das größte Ziel sein? Fecht hatte nicht verstanden, warum Menschen sich so etwas ausdachten. Der Verfasser hatte es auch nicht genauer auseinandergesetzt.

„Nun", erwiderte Eisener, „Ein Begriff wie ‚paradoxe Logik‘ sagt mir zunächst einmal nur, dass er Unsinn ist. Das Wesen der Logik ist die Folgerichtigkeit. Natürlich gibt es Paradoxien, Sachverhalte, die sich logischem Schlussfolgern tatsächlich oder scheinbar entziehen. Die Logik selbst aber ist nie paradox. ‚Paradoxe Logik‘ ist also ein Begriff, der sich selbst widerspricht.

Zum ‚absoluten Nichts‘ steht ja allerhand in dem Buch, allerdings nichts Nachvollziehbares. Mir ist nicht klar, auf welche Weise der Verfasser zu seinen Erkenntnissen gekommen sein will. Ich bezweifle auch sehr, dass das, was die Leute sich in Fernost dazu denken, immer richtig übersetzt wird. Was mich an Gedanken zu solchen Themen, besonders in diesem Buch, immer wieder stört, ist die Selbstgefälligkeit der Verfasser, die aus diesen Beschreibungen spricht.

Ich habe oft das Gefühl, dass diese Leute irgendwelche möglicherweise sogar sinnvollen exotischen Lehren dazu missbrauchen, sich selbst dem unwissenden Leser als überlegen darzustellen.

Im Übrigen dürfte es äußerst schwierig darzulegen sein, dass zwei mal zwei nicht immer vier ergibt. Ist es da nicht sinnvoller, sich an echte Tatsachen zu halten, anstatt irgendwelche Vermutungen als Tatsachen auszugeben?"

„Was sind denn Tatsachen? Haben Sie eine Vorstellung davon, Herr Eisener?", wollte Bigot wissen.

Eiseners Stirn legte sich in Falten, dann verlor sich sein Blick für einen Augenblick ins Leere. „Eine Tatsache ist für mich ein Sachverhalt, der nach dem derzeitigen menschlichen Erkenntnisstand mit sehr hoher Wahrscheinlichkeit wahr ist. Dabei sind Tatsachen für mich nichts unverrückbar Feststehendes, nichts, was einmal festgestellt für alle Zeiten unumstößlich gelten muss. In diesem Zusammenhang ist es mir wichtig, festzustellen, auf welche Weise man zu vermeintlichen Tatsachen gelangt. Damit stellt sich für mich die Frage nach der Wissenschaft und ihrem Wesen. Wir sprachen erst kürzlich im Kollegenkreise darüber, recht eingehend sogar."

„Und was ist nun das Wesen der Wissenschaft – Ihrer Meinung nach, Herr Eisener?"

„Unter Wissenschaft verstehe ich das Erwerben von neuem Wissen durch Forschung. Forschung ist für mich die Suche nach neuen Erkenntnissen und ihre Veröffentlichung. Dabei sollte möglichst jedermann die Forschungsergebnisse nachvollziehen können."

Er schwieg eine Weile und sah Bigot an.

„Herr Eisener", entgegnete dieser und öffnete seine Hände, „das ist ja ganz recht. Ich sehe darin aber keinen Ansatz zur Kritik an diesem Werk. Können

Sie mir genauer umreißen, worauf Sie hinaus wollen?"

„Gern. Ich frage mich, ob das, was in dem Buch als Tatsache dargestellt wird, auch wirklich als solche gelten kann. Ich glaube nämlich nicht, dass der Verfasser wissenschaftlich korrekt vorging. Um Ihnen das zu erläutern, muss ich allerdings etwas weiter ausholen", erwiderte Eisener und lächelte.

„Zunächst einmal geht es mir bei Wissenschaft ausdrücklich um neues Wissen. Wenn einer aus irgendwelchen Archiven staubige Folianten ausgräbt und daraus längst vergessene Aussagen wieder zutage fördert, dann ist das gewiss eine Strafarbeit für Leute, die ihre Schwiegermutter erschlagen haben. Wissenschaft ist das für mich nicht. Wenn man hingegen etwas Neues herausgefunden zu haben glaubt, dann gibt es da einige Punkte, die mir im Dienste der Wissenschaftlichkeit zu beachten unbedingt notwendig erscheinen:

Allem anderen voran halte ich eine Grundhaltung für sehr wichtig, die man wohl am besten als ‚geistige Bescheidenheit' oder ‚wissenschaftliche Redlichkeit' kennzeichnen könnte. Damit meine ich, dass man aus allen seinen Beschreibungen persönliche Interessen bestmöglich heraushält. Dass man nicht nur Gesichtspunkte erwähnt, die für eine neue Theorie sprechen, sondern auch alles, was dagegen sprechen könnte. Dass man nie glaubt, die Richtigkeit einer durch Forschung begründeten Theorie bewiesen zu haben, sondern bestenfalls beanspruchen kann, sich der Wahrheit angenähert zu haben. Nie zu vergessen, dass das Wort ‚Tatsache' immer nur eine vorläufige Bedeutung hat, sich nur auf den derzeitigen Erkenntnisstand beziehen kann. Eine Theorie kann also nie eine Letztbegründung für einen Sachverhalt hergeben.

Damit will ich keinesfalls behaupten, dass es keine absoluten Wahrheiten gäbe. Nur wird ein echter Wissenschaftler nie darauf bestehen, sie gefunden zu haben! Vor allem aber wird er nicht beanspruchen, mit Hilfe der von ihm herausgefundenen Sachverhalte die ganze Welt erklären zu können. Wie eben schon erwähnt: Größenwahn und Eitelkeit sind die größten Feinde der Erkenntnis!"

Bigot lächelte bei Eiseners letztem Satz abschätzig. Eisener jedoch fuhr unbeirrt fort:

„Neben dieser Geisteshaltung, mit der man etwas Neues erforscht, halte ich eine Reihe von Punkten für notwendig, die dabei beachtet werden sollten.

Zunächst einmal ist für mich die Voraussetzung für die Wissenschaftlichkeit eines Gedankengebäudes, dass diese Gedanken mitteilbar sind, sodass es zu einer offenen Diskussion kommen kann. Wissenschaft liegt für mich nicht vor, wenn jemand nur für sich alleine nachdenkt, oder wenn diese Gedanken zu verworren oder diffus sind, als dass sie anderen übermittelt werden könnten. Die Mitteilbarkeit wissenschaftlicher Sachverhalte ist mir deshalb so wichtig, weil sie unmittelbar mit etwas zusammenhängt, was mir in diesem Zusammenhang unverzichtbar ist:

Die Unabhängigkeit wissenschaftlicher Erkenntnisse von bestimmten Personen. Ein Experiment, unter genau angegebenen Bedingungen ausgeführt, muss immer zum gleichen Ergebnis führen, einerlei, wer experimentiert.

Es muss auch immer mit dem gleichen Ergebnis wiederholbar sein.

Aus solchen Experimenten abgeleitete Aussagen müssen grundsätzlich widerlegbar sein. Das heißt für mich, dass es möglich sein muss, weitere Experimente zu machen, die das Ergebnis des ersten Experimentes in Frage stellen können. Ich will damit nicht sagen, dass so etwas auch eintreffen muss. Es sollte grundsätzlich aber möglich sein, wenn es wirklich ein wissenschaftliches Experiment sein soll. Man darf also kein Versuchsergebnis als absolut und unangreifbar von zukünftigen Erkenntnissen ansehen.

Für sehr wichtig halte ich Folgendes: Eine wissenschaftliche Aussage ist von ihrem Aufbau her kritisierbar. Das heißt, sie darf nicht so ausgeführt sein, dass es auch bei schärfster Beurteilung nicht möglich ist, ihr irgendwelche Kritik entgegenzusetzen. Wenn einer also sagen würde: ‚Alles, was wir tun, denken und sagen ist gar nicht wirklich, sondern nur geträumt' ist das eine unwissenschaftliche Aussage. Der Verfechter dieser Aussage könnte jederzeit für sich beanspruchen, auch jeder mögliche Einwand dagegen sei nur geträumt. Ein Kritiker könnte dem entgegenhalten, dass schon die Aussage selbst nur geträumt sei. Es ist leicht einzusehen, dass man so nicht weiter kommt.

Und was Aussagen anbelangt, gibt es einen weiteren Punkt, den man unbedingt beachten sollte: Die Gesamtmenge aller Aussagen zu einem Gebiet muss zueinander passen. Wehe dem, der in diesem Zusammenhang die ganze Welt erklären will!"

„Ihnen gehen also Beobachtung und Logik über alles, sehe ich das richtig?" Bigot hatte verstanden.

„Nicht über alles. Über allem steht für mich die Mahnung, seine eigene Fehlbarkeit nicht zu vergessen, die geistige Bescheidenheit, die ich eingangs erwähnte. Absolut sichere Erkenntnis gibt es nicht. Beobachtungen können falsch protokolliert worden sein, bestimmte Bedingungen nicht berücksichtigt und die Gegebenheiten können sich mit der Zeit verändert haben. Kein menschliches Verfahren wird jemals so vollkommen sein, dass es gewonnene Erkenntnisse für alle Zeiten als richtig nachweisen kann. Es wird immer nur zu einem ‚Bisher noch nicht als falsch entlarvt' reichen. Nur unter diesem Vorbehalt darf man etwas als ‚Tatsache' bezeichnen. Um so mehr wende ich mich gegen diejenigen, die Sachverhalte als Tatsachen ausgeben, welche den Prüfungen der Wissenschaft noch gar nicht unterzogen wurden – oder gar nicht unterziehbar sind!"

„Und als Voraussetzung für Ihre Annahmen dient Ihnen die Logik, Herr Eisener! Was, wenn die Logik nur in Ihrer Einbildung existierte?"

Nun war es an Eisener, sich zu fragen, worauf sein Gegenüber hinaus wollte. Das Vorhandensein von Logik in Frage zu stellen, war für ihn unvorstellbar. Was ihn jetzt beschäftigte war, was das für Menschen waren, die so etwas fragten.

„Damit fragen Sie letztlich danach, ob zwei mal zwei immer vier ist. Nun, meine Einstellung dazu habe ich bereits erläutert. Da gehe ich keinen Schritt zurück!"

„Ni Schagu nasad!", lachte Bigot.

„Wie bitte?"

„‚Kein Schritt zurück!' – Josef Stalin."

Bigots Einwurf war unpassend.

Eisener verlor in diesem Augenblick den letzten Zweifel daran, dass er einen Feind vor sich hatte.

Irgendwer lief durch den Wagen und fragte Eisener, wie spät es sei. Noch nie war Eisener diese Frage so belanglos vorgekommen. Eigenartig, er wusste nicht einmal, welche Station sie gerade passiert hatten. Sonst hätte er stets sagen können, wo sie gerade waren. Irgend etwas an Bigot kam ihm bekannt vor. Irgendwie erinnerte Bigot ihn an irgendwen oder irgend etwas. War es eine Begebenheit, ein Mensch oder eine Romanfigur? „Man liest zu viel und tauscht sich zu wenig mit anderen aus!", schalt Eisener sich.

„Nun, Herr Eisener", setzte Bigot erneut an, „ich

glaube nicht, dass Sie so weiter kommen. Ihr Problem mit diesem Buch und gewiss auch in anderen Bereichen des Lebens liegt im Rationalisieren.

Sie versuchen, durch Beobachten und Schlussfolgern zu neuen Erkenntnissen zu gelangen. Die eigentlichen Wahrheiten aber sind durch das Rationalisieren gar nicht erfassbar!"

„Diese Auffassung vertritt auch der Verfasser des Buches. Ich kann am Rationalisieren aber nichts Schlechtes finden. Erst neulich zeigte sich uns, wie wichtig es sein kann, zu rationalisieren. So mussten Herr Fecht und ich kürzlich ein Getriebe zerlegen. Stellen Sie sich vor: Wir saßen an unserem Werktisch und hatten alle Schaltgabeln, Zahnräder und Wellen fein säuberlich vor uns aufgereiht. Das defekte Teil hatten wir erkannt und ausgetauscht. Doch nun ging es daran, all das wieder zu einem Ganzen zusammenzusetzen! Neben uns hatten wir das Werkstatthandbuch mit einer Sprengzeichnung des Getriebes. Wir gingen peinlich genau vor. Doch was wir auch anstellten, die Räder passten nicht zusammen. Wieder und wieder prüften wir unser Vorgehen, verglichen das vor uns liegende mit der Zeichnung. Wir hatten alles richtig gemacht – doch die Räder ließen sich nicht drehen!

Längst hatten wir fertig sein wollen.

Längst auf Probefahrt.

Lange schon lockte die Kaffeekanne, die Zigarrenkiste.

Doch womit hätte ich dann am nächsten Montag zur Arbeit fahren können?

Den entscheidenden Schritt tat mein Freund.

Er misstraute.

Er argwöhnte.

Er sprach den Verdacht aus:

Die Zeichnung war falsch!

Wir vertauschten zwei Zahnräder, und sofort lief

das Getriebe! Einige Tage später wollte ich es genau wissen. Ich ging in eine Buchhandlung und wollte dort erkunden, an wen man sich wenden müsse, um dem Fachverlag etwas über den Unterschied zwischen Fachleuten und Laien, Schustern und Schlappenschustern, Zeichnern im Allgemeinen und technischen Zeichnern im Besonderen zu erzählen. Man griff dort ins Regal, legte mir ein Exemplar der neusten Ausgabe des Werkstatthandbuches vor und bat mich, die besagte Stelle zu zeigen. Ich schlug die Stelle mit der Zeichnung auf – und stellte fest, dass man den Fehler inzwischen gefunden und behoben hatte!

Worauf es mir ankommt, Herr Bigot: Wir konnten den Fehler nur entdecken, weil wir uns aus der Zahnradebene herausbegaben. Erst wer nicht nur über die beschriebenen Dinge nachdenkt, sondern auch die Beschreibung selbst in seine Überlegungen einbezieht, kann den Fehler entdecken. Und bei dem Buch hier wäre es geradezu unverantwortlich, nicht zu rationalisieren. Bitte berücksichtigen Sie:

Hier geht es nicht um ein paar Zahnräder, hier geht es um menschliches Selbstverständnis. Was immer wir unter Begriffen wie ‚Selbst' ‚Ich' ‚Bewusstsein' und ähnlichen verstehen mögen: Hier schickt sich ein Verfasser an, sie zu zerlegen!

Vor welchem Hintergrund?

Mit welchem Wissen?

Mit welcher Garantie?

Wehe dem armen Schwein von Leser, das sich selbst hinterher nicht wieder zusammen bekommt!"

Eisener sah Bigot fragend an. Bigot antwortete langsam und mit einem beschwörenden Ton in der Stimme:

„Herr Eisener, Sie haben offenbar ein sehr mechanistisch ausgerichtetes Menschenbild. Was für Zahnräder gelten mag, können Sie nicht auf den Menschen übertragen. Die Wahrheiten, um die es hier geht, sind mit technisch-analytischem Vorgehen nicht zu erkennen. Wir bewegen uns hier in Bereichen, die sich außerhalb des Beschreibbaren befinden. Schon deswegen kommen Sie hier mit Rationalisierungen nicht weiter."

„Ich sehe das Ganze umgekehrt, Herr Bigot. Was man schon bei Zahnrädern für nötig hält, sollte man bei menschlichen Problemen doch allemal beachten. Wir sind fehlbar. Das sollten wir nie vergessen!"

Bigot beugte sich dicht zu Eisener hinüber. „Mir ist nicht recht klar, Herr Eisener, was ich von Ihnen halten soll. Herr Fechts Sache ist das Geld, die meine der Mensch, doch wie steht es mit Ihnen? Wo sind Sie zuhause?"

„Ich programmiere Rechenmaschinen, wenn Ihnen das irgendwie weiterhilft."

„Rechenmaschinen? Sie meinen – Elektronengehirne?"

„Wenn Sie so wollen. Jeden Tag gibt jeder von uns diesen Maschinen eine Reihe von Anweisungen. Manchmal einige wenige, manchmal mehrere hundert. Ist eine Anweisung davon falsch, tut die Maschine etwas ganz anderes, als sie soll. Eine einzige – unter den vielen tausend, die bisher zusammengefügt wurden!

Wir prüfen.

Wir besprechen.

Wir vergleichen.

Wir ändern, prüfen erneut, beobachten die Folgen. Und doch, der Fehler!

Jedem von uns passiert es, jeden Tag.

Und da will einer anhand recht allgemeiner Aussagen, die man oftmals gar nicht als Schlussfolgerungen ansehen kann, eine ganze Persönlichkeit erklären? Ein Wahnwitz!

Eine Charge dämlicher Aspirintabletten muss eine Unzahl von Prüfungen bestehen, ehe sie als solche auf dem Markt in Erscheinung treten darf. In diesem Bereich aber scheint es zuzugehen wie bei Diäten: Während eine Arznei sich an allem messen lassen muss, was man nach heutiger wissenschaftlicher Erkenntnis zu dieser Sache aufbieten kann, darf jeder dahergelaufene Lackaffe Diätpläne veröffentlichen, mit denen man auf die Dauer Tausende in den Tod schicken kann. Doch mögen die Folgen solchen Vorgehens für einen menschlichen Körper noch einsehbar sein, was widerfährt bei entsprechendem Tun einer Persönlichkeit?"

Die Strecke beschrieb einen Bogen, und die Sonne fiel nun direkt ins Abteil.

Eisener blinzelte.

Sein Profil hob sich gegen diese Helle ab.

Es war das Profil eines Mannes, der meinte, was er sagte.

Bigot sah Eisener abschätzig an. Dass ein Maschinist es wagte, sich zu Problemen der menschlichen Natur zu äußern!

„Vielleicht hatte er recht!", hob Eisener wieder an.

„Wer?"

„Kort. Die ganze Zeit schon fragte ich mich, ob ich ihn nicht irgendwo schon einmal gesehen habe. Erst, als er bereits ausgestiegen war, erinnerte ich mich. Wir waren Kriegskameraden. Für ihn war es bereits der zweite Krieg. Wann immer sich eine Gelegenheit dazu ergab, kam er auf den Krieg zu sprechen – auf den ersten! Was uns in jenen Tagen auch beschäftigte, für ihn war der Inbegriff allen Grauens das Gas. Nichts schien ihn mehr beeindruckt zu haben. Der Frost nicht, der Hunger nicht, nicht einmal die gefürchtete Ratsch-Bumm. Ich sah ihn zuweilen beten.

‚Bewahre uns vor dem Gas!‘ hatte er des Öfteren gemurmelt. Eine seiner Schilderungen ist mir noch gegenwärtig:

‚Man atmet es ein. Wenn es wenig ist, kratzt es nur im Rachen, macht ein wenig Husten. Für kurze Zeit. Es verschwindet wieder. Na also! Einige Stunden später aber kommt der Husten mit Macht zurück, wird der Atem kurz, kommt das Würgen, kommt die Angst! Wer jetzt keine Hilfe bekommt, ist am nächsten Tage des Todes. Es zerfrisst einem die Lunge, man ertrinkt in sich selbst, ohne zu wissen warum!‘

Mein Freund Hartmut – er scheint endlich etwas Schlaf gefunden zu haben – sagte dieser Tage: ‚Es sind die nagenden Fragen, die Forderungen, die irgendeiner aussät, die sich gleich einer Wolke ausbreiten, einen umnebeln und schließlich ersticken!‘"

„Herr Eisener, geht es Ihnen hier um Philosophie oder um Kampfgas?“, fragte Bigot sichtlich irritiert.

„Möglicherweise ist das bei diesem Machwerk gar nicht zu unterscheiden“, erwiderte Eisener.

Die Feindschaft zwischen beiden war nun offensichtlich.

„Wenn Ihnen nur klar wäre, wie gründlich Sie dieses Werk missverstanden haben! Doch wie kann ein Sehender einem blind Geborenen klar machen, was Licht ist!? Sie fragen nach Experimenten, nach Zahlen und Vergleichen. So werden Sie nie erkennen! Eine Einstellung wie die von Ihnen vorgetragene zeigt mir nur einmal mehr, wie sehr der moderne Mensch sich selbst entfremdet ist! Sie versuchen noch immer zu rationalisieren.“

Bigot beugte sich zu Eisener und kam ihm dabei unangenehm nahe. Sein Blick war stechend und Eisener glaubte hinter der Schwärze der Pupillen etwas Rötliches zu sehen, das ihn an eine sengende Glut erinnerte.

„Lassen Sie das! Das habe ich doch immer wieder geschrie..."

Zu spät. Bigot hatte sich verraten.

„Sie? Jankulescu – Bigot?! Wer sind Sie, dass Sie so etwas schrei...?"

„Wer ich bin, spielt keine Rolle!", fiel Bigot ihm ins Wort. „Sie sagten ja selbst, dass es keine Rolle spiele, von wem ein Text verfasst wurde. Sie jedoch legen Wert auf die Wahrheit der Aussagen, ich hingegen auf deren Wirkung!"

„Ganz recht – und ich frage mich, ob es einen Unterschied zwischen der Wirkung gibt, die Sie beabsichtigten und derjenigen, die Sie beispielsweise bei meinem Freund Hartmut erzielten!

Ich verlange Rechenschaft von Ihnen, Herr Bigot!

Rechenschaft, die Sie Ihren Lesern schuldig sind!

Rechenschaft gegenüber all denen, die Ihnen ihre Zeit, ihr Geld und vielleicht sogar ihr Selbstverständnis geopfert haben!"

Die Sonne stand nun als großer, roter Ball am Horizont. Der Nebel, eben auf der Plattform erst in Spuren wahrnehmbar, verwehrte inzwischen den Blick in die Ferne. Spurenweise schien er bereits das Abteil zu durchwabern. Eisener nahm die Sonne nur noch als Schemen wahr. Sie kam ihm unwirklich vor, wie etwas aus längst vergangener Zeit, das im Hier und Jetzt jegliche Bedeutung verloren hatte. Verwundert stellte er fest, dass es im Abteil kalt geworden war.

Auch im Kessel war es damals kalt gewesen, bitterkalt, und Eisener glaubte diese Kälte jetzt zu spüren. Er sah Korts Gesicht so klar vor sich, wie an jenem Abend im Lazarett, als er ihm zugehört hatte. Die Lage war verzweifelt gewesen. „Haltet aus, Manstein haut uns raus!", hatte es geheißen. Man legte die Von-Manstein-Spende auf. Es war ein Akt der Verzweiflung, eine Huldigung an den einzigen Hoffnungsträger, den sie hatten. Sie redeten über alles Mögliche, nur um nicht das Schweigen oder das Stöhnen der Verwundeten ertragen zu müssen. „... Grünkreuz ist eine Bezeichnung für Chlorgas oder eine Mischung aus Chlorgas und Phosgen. Charakteristisch für dieses Gas ist ...“ Es erstaunte Eisener, wie stark selbst lange zurückliegende Ereignisse bei Kort das Erleben der Gegenwart immer wieder zurückzudrängen vermocht hatte.

Eisener fröstelte. Er spürte ein Stechen im Hals. Irgend etwas stank. Bigot sagte eine ganze Weile nichts, und er schien es auch nicht für nötig zu halten. Er beobachtete. Eisener. Dann kamen ihm langsam zwei Worte über die Lippen: „Selbstverständnis? Geopfert?“

„Genau das, Herr Bigot, Herr Jankulescu, oder was sonst immer Sie sein mögen. Zum Thema Wissenschaft habe ich mich bereits geäußert. Nun werde ich dazu etwas ergänzen: über Pseudowissenschaften!“

„Nur zu, ich höre!“

„Das Hauptmerkmal für Pseudowissenschaften ist für mich die systematische Abschottung gegenüber Widerlegung und Kritik. Dabei wird eine geschlossene Weltsicht vertreten, die ein Erweitern anderer Theorien durch neue Erkenntnisse oder das Berücksichtigen von Forschungsergebnissen nicht zulässt. Pseudowissenschaftliche Theorien erkenne ich daran, dass sie schon prinzipiell nicht durch Experimente widerlegbar sind.“

Bigot grinste Eisener an: „Mir ist nicht klar, Herr Eisener, was das mit meinem Werk zu tun haben soll. Ich habe es mit keinem Satz als wissenschaftliche Abhandlung hingestellt!"

„Aber Ihre Ansichten mit einer Sicherheit vertreten, die den Leser glauben lässt, es handle sich um Tatsachen, um Sachverhalte, hinter denen die Überzeugungskraft des Experimentes steht! Sie stellen dem Leser Ihre persönliche Meinung unter Berufung auf irgendwelche angeblich unantastbaren Autoritäten von weither oder aus alter Zeit als Tatsachen dar. Für mich steht dahinter eine manipulative Absicht, der Wunsch, Macht über den Leser zu bekommen. Das ist Pseudowissenschaft!"

Bigot reckte sich. „Ich habe mir unter meinen zahlreichen Lesern eine große Anhängerschaft erworben, Herr Eisener. Sollte Sie das nicht nachdenklich machen?"

„Auch der Führer erwarb sich eine große Anhängerschaft. Über die Güte einer Sache sagt das gar nichts. Im Gegenteil: Ihren Anhängern ist wahrscheinlich nicht klar, auf welchem Boden Ihre Aussagen stehen und wohin sie mit ihrer Leichtgläubigkeit geraten können."

„Und das wäre?"

„Ich greife einmal ein paar Punkte heraus, Herr Bigot. Diese Punkte mögen für sich betrachtet harmlos sein, zeigen zusammengenommen aber auf, in welche Klemme der Leser geraten kann:

Sie schreiben: ,Nur der reife Mensch kann wahrhaft lieben.' Den reifen Menschen beschreiben Sie als einen, der sich seiner selbst völlig sicher ist, der Vater und Mutter verinnerlicht hat, ja der stets produktiv ist und sogar alles das an Wünschenswertem verkörpert, was wir gemeinhin einer Größe namens ,Gott' zuschreiben. Er liebt nicht nur einen oder wenige Menschen, er liebt gleich die ganze Welt. Und nur zum Schlafen unterbricht er sein ständiges liebendes Bemühen. Ich bin mir ganz sicher, Herr Bigot, dass es einen solchen Menschen nie gegeben hat und auch nie geben wird. Nicht nur hier im Kapitalismus nicht, auch sonst nirgendwo. Und was das so genannte ‚wahre Selbst' anbelangt, zu dem dieser reife Mensch angeblich gefunden haben soll. Sie weigern sich schlichtweg, es zu beschreiben! Damit entziehen Sie es natürlich jeder Prüf- und Kritisierbarkeit. Schon dieser erste Punkt zeigt mir: Die Sache stinkt!“

Eisener pausierte, erwartete einen Einwand. Bigot indess sah Eisener mit herablassendem Lächeln, aber sichtlich interessiert an: „Fahren Sie fort!“

„‚Nur wer wahrhaft liebt, wird geliebt werden' heißt es bei Ihnen. Woher Sie die Sicherheit zu dieser Behauptung nehmen, ist mir nicht klar. Zumal ja ein reifer Mensch die ganze Welt liebt. Damit aber liebt er auch Leute, die selber nicht lieben können.“

„Kein ‚Aber' Herr Eisener, kein ‚Aber'!“

Eisener jedoch fuhr unbeirrt fort: „Nicht nur, dass sich das für mich widerspricht. Sie kritisieren immer wieder das Streben nach Material und übergehen damit geflissentlich eine Voraussetzung für das Lieben: Niemand kann der Liebe oder der Weisheit leben, der hungern, frieren, oder an irgendeiner Krankheit verrecken muss. Solchem zu steuern ist aber ohne Material gar nicht möglich.

Haben Sie schon einmal den Gasbrand das Bein heraufkriechen sehen, das ‚Amputation oder Tod!' des Wundarztes gehört?

Haben Sie schon einmal jemanden am Blutsturz verrecken sehen?

Haben Sie jemals die grausige Starre eines erfrorenen Gesichtes ertragen?

Ich wünschte, ich könnte die Zeit zurückdrehen. Dann würde ich Sie in den Kessel schicken, Herr Bigot, Seite an Seite mit Dr. Girgensohn, Hungertote sezieren. Predigen Sie mal Liebe vor leeren Mägen!"

Nach wie vor blieb Eisener ruhig. Ebenso Bigot.

„Besonders problematisch erscheint mir ein weiterer Punkt:

‚Nur durch wahre Liebe ist die Isolation des Individuums zu überwinden' schreiben Sie. Wehe dem, der das glaubt. Denn schließlich führten Sie ja aus, dass nur der reife Mensch wahrhaft lieben kann. Und den gibt es nicht, da bin ich mir ganz sicher. Wer Ihnen also glaubt, wird zu dem Schluss kommen, dass aus dem Kerker der Isolation für ihn kein Entkommen sei, denn wer sieht sich schon im Stande, Ihrem irrwitzig hohen Ideal zu genügen?"

„Den Weg dazu habe ich gewiesen, Herr Eisener. Dass er leicht zu gehen sei, gerade was den Abendländer anbelangt, habe ich nie behauptet."

„Dazu komme ich gleich. Verweilen wir noch ein wenig bei dem normalen Menschen, also beim unreifen. Sich in der Isolation gefangen sehend, könnte er auf die Idee kommen, sich an Gott zu wenden. Doch diesen Weg haben Sie ihm versperrt, denn der reife Mensch hat ja Ihren Ausführungen nach die Vorstellung von Gott als ein höheres und helfendes Wesen als Einbildung entlarvt, an dessen Stelle er selbst gerückt ist. Dass Gott unabhängig von irgendwelchen menschlichen Vorstellungen vorhanden sein könnte, wird mit keiner Silbe erwähnt. Nicht nur das: Etwas, was dem Leser möglicherweise hätte helfen können, wird ihm nun als Merkmal seiner eigenen Unvollkommenheit vorgeführt. Er gerät noch weiter in die Unterhand.

Als einziger Ausweg aus der Isolation bleibt ihm damit, dem Ideal vom reifen Menschen nachzueifern. Dieses Ideal ist – davon bin ich fest überzeugt – unerreichbar, was einem ratsuchenden Menschen aber wahrscheinlich nicht klar sein wird. Sie hingegen, Herr Bigot, Sie wissen das!"

„So, tatsächlich? Interessant!"

„Ich unterstelle es Ihnen. Der unreife Mensch – und damit jeder – bleibt somit isoliert.

Sie weisen den Weg zum Erreichen des Ideales, sagen Sie. Als höchstes anzustrebendes Ziel, als die Vollkommenheit schlechthin, stellen Sie dem Leser in diesem Zusammenhang das Eingehen in das absolute Nichts dar. Warum es das geben soll, woher Sie es kennen wollen, erfährt man nicht. Der Weg dahin führt Ihren Angaben nach unter anderem über das Aufgeben von Erwartungen. Allein damit verbieten Sie dem Leser jegliche Kritik an Ihrer Lehre, denn Kritik beinhaltet die Erwartung von Rechtfertigung. Schließlich stellen Sie dem Leser sein Selbstkonzept als Einbildung dar, von der er sich natürlich trennen muss. Damit aber gesellt sich zur Isolation auch noch völlige Haltlosigkeit."

Zornesröte malte sich auf Eiseners Gesicht. „Was wird sich wohl ein derart in Bedrängnis geratener Mensch zu einem Begriff wie ‚Absolutes Nichts' denken? Das, was Sie damit vermutlich erreichen wollen: Nichts mehr! Er ist nämlich bereits mitten drin. Was glauben Sie, Herr Bigot, was so ein Mensch dabei empfindet?"

Bigot überging Eiseners Fragen geflissentlich. Er erwiderte in beruhigendem Tonfall: „Ihre Einwendungen, Herr Eisener, zeigen mir, dass Sie meine Ausführungen zum wahren Selbst nicht verstanden haben. Der vollkommene Mensch, an dem Sie sich so stoßen, hat zu seinem wahren Selbst gefunden. Er hat das absolute Nichts als das einzig Wirkliche erkannt und anerkannt, hat es als sein wahres Selbst ausgemacht. Eindrücke, wie Sie sie schildern, hat er in den Bereich der Illusionen verwiesen. Sehen Sie, Herr

Eisener, genau darin liegt Ihr Problem: Ihr ganzes Rationalisieren, Ihr ganzes Bestehen auf Prüfungen und Rechtfertigungen nützt Ihnen nichts, denn es beruht auf einer Fehlannahme. Auf der grundsätzlichen Fehlannahme des Abendländers überhaupt, auf der Illusion nämlich, dass es ihn als Individuum gibt!"

Eisener konnte nicht glauben, was er da hörte. Als wollte er sich davon überzeugen, dass er wachte und nicht träumte, musterte er den Sprecher von oben bis unten. Wieder einmal blickte Bigot mit Wohlgefallen auf einen seiner Siegelringe. „GW" stand in schön geschwungenen Buchstaben darauf zu lesen. „Jankulescu" oder „Bigot" passten beide nicht dazu. Wer wusste, welche Rollen Bigot sonst noch spielte? „Geheimbund der Weisen" schoss es Eisener durch den Kopf. Könnte passen. Dann ermahnte er sich, nicht abzuschweifen und fuhr fort:

„Ja, Sie schreiben davon, vom wahren Selbst und weigern sich zugleich, es zu beschreiben. Damit entziehen Sie natürlich auch hier Ihre Aussagen jeglicher Überprüfbarkeit. Letztlich stehen hinter diesem so genannten ‚wahren Selbst' Ihre Vorstellungen davon, wie ein Mensch sein soll. Mit wissenschaftlichen Erkenntnissen, mit kritisierbaren Feststellungen hat das natürlich nichts zu tun. Im Gegenteil:

Sie zwingen dem ratsuchenden Leser Ihre Gangart auf. Und nun bezeichnen Sie das rationale Denken des Abendländers, ja sogar sein Selbstverständnis als Individuum als Illusion. Damit sprechen Sie einer ganzen Kultur ihre Urteilsfähigkeit ab! Wer sind Sie, Herr Bigot, dass Sie sich erdreisten?"

„Glauben Sie, Herr Eisener, dass Sie mit ein paar Fragen jahrtausendealte Weisheiten einfach wegwischen können?"

„Das kommt darauf an, was das für Weisheiten sind. Wir neigen dazu, Aussagen schon deshalb für wahr zu halten, weil sie sehr alt sind. Die lange Zeit der vermeintlichen Bewährung, des Für-Wahr-Geltens beeindruckt uns. Fragt aber eines Tages jemand nach grundsätzlichen Annahmen, zweifelt er sie an, so können dadurch scheinbar ewige Wahrheiten als Irrtümer entlarvt werden. Kopernikus war so ein Frager. Und da musste man feststellen, dass die Erde sich um die Sonne dreht und nicht umgekehrt. Im Übrigen: Hat schon mal jemand nachgeprüft, ob das damals wirklich weise Menschen waren, oder nicht vielleicht Leute, die nur so taten? Hiermit, Herr Bigot, schließt sich der Kreis: Die Aussagen so genannter Weiser sind oft schon von ihrer Art her auf Wahrheit gar nicht überprüfbar. Ich kann und will nichts wegwischen, ich will aber auch nichts derartiges schlucken! In diesem Zusammenhang frage ich mich, Herr Bigot: Warum haben Sie dieses Buch geschrieben?"

„Ich wollte den Menschen einen Einblick in die allumfassende Natur des Seins verschaffen. Bei Ihnen ist mir das offenbar nicht gelungen, Herr Eisener."

„Eine Allumfassenheit, die seltsamerweise in einem allumfassenden Nichts endet. Und da haben Sie sich nie gefragt, ob Sie sich nicht irren könnten, ob Sie nicht möglicherweise schädigen könnten? Mir ist bis jetzt nicht klar, auf welchen Grundlagen Ihr Weltbild steht."

„Dazu habe ich mich bereits geäußert: Wahre Erkenntnis über das Sein erlangt man nicht durch das Rationalisieren, sondern nur durch Intuition. Dieser Intuition den Weg zu bereiten war das Anliegen für mein Buch!"

„Das überzeugt mich nach wie vor nicht: Eine Erkenntnis durch Intuition ist grundsätzlich weder beschreibbar noch von anderen kritisierbar. Ich hätte Berichte über beobachtbares Verhalten erwartet, Reihenuntersuchungen dazu, Vergleiche, die Wirkung der Hormone – nichts davon wird erwähnt! Statt dessen lassen Sie sich über das so genannte Unbewusste aus – in einer so allgemeinen Form, dass ich das als Begründung für Ihr Weltbild keinesfalls hinnehmen kann."

Bigot wirkte nun ernstlich verärgert. „Das Unbewusste gilt als gesicherte Tatsache!"

„Vielleicht sein Vorhandensein, aber was ist es? Wann immer dieser Begriff fällt, soll er irgendetwas Grundsätzliches erklären. Man erfährt aber selten etwas Bestimmtes. Sie führen ihn immer wieder an, werden aber nie konkret. Jedes Kind weiß, dass wir uns die Gründe unseres Handelns manchmal selbst nicht erklären können, schon gar nicht, warum wir sind, wie und was wir sind. Bis jetzt hat mir niemand erklären können, was ein Unbewusstes ist. Sie tun das in Ihrem Buch auch nicht. Statt dessen lassen Sie sich in diesem Zusammenhang über die Krankheit von Geist oder Psyche des modernen Menschen aus. Mit welchem Maßstab? Was ist denn Geist oder Psyche? Wir wissen über diese Größe noch nicht einmal, ob sie stofflicher oder nichtstofflicher Natur ist.

Der westliche Kapitalismus als Schadensursache für alles und jedes überzeugt mich auch nicht, vor allem nicht der ständige Verweis auf die Menschen in Fernost. Woher wollen Sie wissen, dass die dort glücklicher sind? Wir beide werden es nie überprüfen können. In einem Punkt aber bin ich mir ganz sicher: Jede Art von Liebe muss sich irgendwie äußern, wenn sie einen Sinn haben soll. Und dazu brauchen Sie Zeit. Vor allem anderen müssten wir also fragen, ob die überwiegende Mehrzahl der Menschen in Fernost deutlich mehr Zeit hat, als wir."

„Zeit, Herr Eisener. Glauben Sie, dass darin die Grundursache alles Üblen liegt? Schauen Sie sich doch an, was die Menschen hier mit ihrer Freizeit tun: Sie schlagen sie tot!"

„Sicherlich. Ich nenne Zeit nur als notwendig für das Lieben, nicht als hinreichend. Abgesehen davon glaube ich, dass Leute, die im Kapitalismus ihre Zeit totschlagen es in jedem anderen System auch tun werden – sofern sie sie haben. Es muss jeder selbst entscheiden, ob er sich in seiner Freizeit im Kino den neuesten Knaller anschaut, oder sich auf eine Parkbank setzt und über das Wohl eines geliebten Menschen nachdenkt. Eigenverantwortlichkeit geht für mich vor Systemkritik, zumindesten, solange die Menschen noch einen Handlungsspielraum haben. Es ist ja nichts einfacher als zu sagen: ‚Ich lebe in einem bösen System, also kann ich nichts Gutes tun!'

Dann Ihr ständiges Herumhacken auf dem modernen Menschen. Es mag wohl sein, dass die Menschen in grauer Vorzeit weniger Ablenkungen und Zerstreuungen ausgesetzt waren, als wir es heute sind. Daraus abzuleiten, dass damals mehr geliebt wurde als heute, ist für mich reine Spekulation. Ich halte es für sehr gewagt, aus alten Texten oder Ausgrabungen auf das schließen zu wollen, was Menschen vor langer Zeit im Alltag empfanden. Schon die durchschnittliche Lebenserwartung, die für Menschen früherer Zeiten unter vierzig lag, spricht für mich gegen den Liebesverlust in der Moderne. Man darf nicht vergessen, dass für die meisten Menschen der Alltag darin bestand, ums nackte Überleben zu kämpfen!"

„Haben Sie schon einmal von einer ‚Harmonie der Antike' gehört, Herr Eisener?"

„Ja, ich habe von einer so genannten ‚Harmonie der Antike' gehört. Mein Onkel beschäftigte sich mit Archäologie. Einmal erwähnte er einen Zeitungsartikel, der so oder ähnlich überschrieben war. Da ich wissen wollte, was es damit auf sich hatte, setzte er ihn mir näher auseinander. Er schilderte mir dabei

Begebenheiten aus jener Zeit. Es ging um alles Mögliche. Um Gladiatorenkämpfe, um den Tyrann von Athen, das Museion, um Sklaven, um Ungläubige – und vor allem, wie man mit ihnen verfuhr! Mir würde übel, würde ich jetzt die erfinderische Grausamkeit der Antike vor Ihnen wiederholen, die mein Onkel damals vor mir aufrollte. Und daher sage ich Ihnen jetzt, was mein Onkel mir damals sagte: ‚Harmonie der Antike‘ oder gar ein liebevollerer Alltag? Vergessen Sie es! Es ist Unsinn!"

Eisener fühlte sich unangenehm. Bigot schien das zu spüren und fragte: „Worauf wollen Sie hinaus?"

„Ich unterstelle Ihnen, dass Sie um diese Umstände ganz genau wissen. Sie halten dem Leser diese vermeintliche Harmonie, die vermeintliche Unsinnigkeit seines Denkens und die Fragwürdigkeit unseres Jetzt und Hier nur deshalb vor Augen, damit er an sich selbst und seinen Mitmenschen in der heutigen Zeit zweifelt."

„So, so, Herr Eisener! Und warum sollte ich das tun?"

„Weil man über verunsicherte Menschen leichter Macht gewinnen kann!"

„Warum sollte ich Macht über meine Leser gewinnen wollen?"

„Warum, weiß ich nicht."

Eisener fixierte Bigot.

Er empfand Ekel.

Er überwand sich.

Er fixierte ihn weiter.

„Ich möchte, dass zwischen uns eines klar ist, Herr Bigot: Für mich steht fest, dass Sie Ihren Lesern nicht helfen, sondern sie beherrschen wollen!"

„Nun gut, Herr Eisener. Sie sind offenbar nicht davon abzubringen. Ich wüsste allerdings schon gerne, woran Sie das festmachen!"

„Noch immer Ihr Rationalisierungsverbot, Herr Bigot! Wer Unklares, oder Widersprüchliches entdeckt, hat eben das Wesentliche nicht verstanden!" Der Vorwurf, der in Eiseners Augen lag, war nicht zu verkennen.

„Ist das alles, was Sie dazu zu sagen haben?"

„Leider nicht. Der ganze Text hat den Charakter einer geistigen Bekehrung. Da werden jahrtausendealte Lehren angeführt, da verweisen Sie auf die Krankheit des modernen Menschen als solche. Sie gehen nirgendwo ins Einzelne. Mir entsteht geradezu der Eindruck, in der heutigen Zeit und womöglich noch im Abendland geboren zu sein, gilt an sich schon als krankhaft. Übrigens frage ich mich, welche Möglichkeiten man vor Jahrtausenden hatte, Tatsachen zu ermitteln. Wahrscheinlich wenig mehr, als Vermutungen gegeneinander auf Schlüssigkeit abzugleichen.

Dann die Sache mit der Krankheit. Von Krankheit kann ich nur sprechen, wenn ich genau festgelegt habe, was als gesund zu gelten hat. Schon beim menschlichen Körper ist das gar nicht immer so einfach. Hier aber geht es um das Gemüt. Mir ist keine verbindliche Regel bekannt, anhand derer man festlegen könnte, welche Empfindungen man als krank und welche man als gesund einstufen könnte. Schon deshalb nicht, weil Begriffe wie ‚Gemüt' ‚Seele' oder ‚das wahre Selbst' nirgendwo klar umrissen sind. Wie sollte es auch möglich sein? Vorausgesetzt, dass diese Begriffe für etwas Nichtstoffliches stehen, halte ich menschliche Aussagen darüber für überaus gewagt. Nimmt man eine stoffliche Natur an, mag es Anhaltspunkte geben. Man kennt einen Zusammenhang zwischen dem Hormonhaushalt im Menschen und seiner Stimmungslage. Dies ist der einzige mir bekannte konkrete Anhaltspunkt, bei dem man mal anfangen könnte. Ich sage ,anfangen' nicht etwa ,feststellen'. Hormone aber werden in Ihrem Buch nicht einmal erwähnt. Für mich ist daher durch nichts zu rechtfertigen, den modernen Menschen grundsätzlich als krank zu bezeichnen. Mit einer wissenschaftlichen Betrachtungsweise, Herr Bigot, hat Ihr Vorgehen nichts zu tun!"

„Herr Eisener, wenn Ihnen nur bewusst wäre, wie stark Ihr Denken und Ihr Urteil durch die Kultur geprägt wurde, in der Sie aufgewachsen sind!"

Eisener entgegnete: „Und bewertet wird die abendländische Kultur nach Maßstäben, für die Sie nirgendwo Rechenschaft ablegen! Wer nicht glauben will, ist verblendet, unreif oder eben krank. In letzter Folge läuft das darauf hinaus, dass Sie Ihren Lesern die Urteilsfähigkeit absprechen!"

Bigot beugte sich vor. „Es ist nun einmal eine Tatsache, dass die hiesige Kultur das Erkennen des Wesentlichen nicht fördert. Der Blick auf das Einzelne verstellt nur allzu leicht den Blick auf das Ganze."

„Wenn Sie das Ganze erkennen wollen, müssen Sie sich auch mit dessen Einzelheiten befassen. Für mich spricht nichts dagegen mit ihnen zu beginnen, wenn sie zuerst erkennbar sind. Selbst dann nicht, wenn man im Ganzen mehr als die Summe seiner Einzelteile sieht."

„Herr Eisener, Sie können einwenden, was Sie wollen. Eines Tages werden auch Sie die Wahnhaftigkeit allen Seins erkennen und das absolute Nichts als das einzig Wahre anerkennen müssen. Lernen Sie das!"

Bigot war die Überlegenheit in Person. Eisener gefiel nicht dessen Haltung, dessen goldene Krawattennadel und dessen Lackschuhe. Am allerwenigsten aber gefiel ihm die Selbstzufriedenheit in dessen Gesicht. „Sie kommen mir wie ein Normalsichtiger vor, der einem völlig Farbenblinden das Wesen der Farbe erklären will. Demjenigen, der nur Graustufen kennt, bieten sich dabei mehrere Möglichkeiten:

Er kann den Beteuerungen des Normalsichtigen glauben und seine eigene Einschränkung anerkennen.

Er kann argwöhnen, dass der Normalsichtige etwas Außergewöhnliches zu sehen glaubt, das in Wirklichkeit aber gar nicht vorhanden ist.

Er kann argwöhnen, dass der Normalsichtige nur etwas Außergewöhnliches zu sehen vorgibt, um ihm selbst seine Weltsicht als fehlerhaft darzustellen und ihn so mit seiner vermeintlichen Überlegenheit zu beeindrucken.

In diesem Falle bringen das Experiment und die Messung die Wahrheit an den Tag und beseitigen den Zweifel.

Hier aber, Herr Bigot, kann man nichts messen. Hier bin ich auf Ahnungen und Vermutungen angewiesen. Ich unterstelle Ihnen die dritte Möglichkeit!"

„Und warum gerade die?"

„Weil ich Ihnen nicht glaube.

Weil ich mir keinen weltanschaulichen Pofel aufhängen lassen will.

Weil ich mich in solchen Fällen auf das verlasse, was Sie selbst so nahelegen: auf meine Intuition!

Ich sage Ihnen auf den Kopf zu: Die Sache stinkt!"

Einige Zeit sagte niemand etwas, hörte man nur das Rattern des Zuges. Dann beschrieben die Gleise einen Bogen. Ein hässliches Kreischen ging durch die Wagen, als Eisener erneut ansetzte:

„Sie bieten ratsuchenden Menschen Lösungswege für sehr grundsätzliche Probleme an. Diese Wege sind ihrer Natur nach nicht sachlich kritisierbar. Ich gehe davon aus, dass das so bleiben wird, solange niemand nachvollziehbar sagen kann, was eine menschliche Persönlichkeit ist und woraus sie besteht." Eiseners Ton wurde schärfer. „Nichtsdestoweniger wählen Sie als Zielgruppe für Ihr Angebot und Ihre Kritik gleich die ganze westliche Kultur. Für mich heißt das: Es mangelt Ihnen an dem Bestreben, sich selbst Rechenschaft über Ihre Ausführungen abzulegen, an dem Bestreben, sich selbst und anderen nichts vorzumachen, dem Leser auch nur die Möglichkeit eines Einwandes darzulegen. Es fehlt Ihnen an wissenschaftlicher Redlichkeit, Bigot!" Der Zorn im Gesicht des sonst so ruhigen Mannes ließ die Energie in seinen Zügen deutlicher als je zuvor hervortreten.

„Wer sind Sie, dass Sie sich zum Richter über eine ganze Kultur machen?

Wer sind Sie, dass Sie es wagen, in gottähnlicher Selbstgefälligkeit menschliche Regungen als krank zu bezeichnen, ohne dargelegt und nachgewiesen zu haben, was gesund ist?

Wer sind Sie, dass Sie sich erdreisten, Ihren Lesern deren persönliche Entwicklung für den Rest ihres Lebens vorauszusagen?

Ich sage es Ihnen:

Sie sind ein SCHAR-LA-TAN!"

Fecht wälzte sich wie irr hin und her und hantierte mit den Händen in der Luft. Er schien einen nicht vorhandenen Karabiner in rascher Folge durchzuladen und abzufeuern. Dann wurden die Bewegungen schwächer und hörten schließlich ganz auf.

Die Schwäche kam plötzlich und unverhofft. Eisener zwang sich:

„Ich frage Sie noch einmal: Wer sind Sie?"

Bigots Blick war stechend, zwingend und von unbeschreiblicher Brutalität. Auch schien Bigot sich verjüngt zu haben, doch das mochte täuschen.

Eisener fühlte sich wie von einem Sog erfasst, wollte schon ermattet auf die Bank sinken, hielt inne. Für einen Augenblick schien ein Schatten zwischen den beiden zu stehen. Es war der Lehrer Hadericht. Seine Hand deutete nach links auf den schlafenden Fecht.

Der Nebel im Abteil war inzwischen so dicht geworden, dass die Wände bereits zu verblassen begannen. Eisener verspürte ein Kratzen im Hals und schließlich Hustenreiz. Als er sich zu Fechts Seite wandte, wurde sein Gesicht aschfahl.

Ein dünnes rötlich schimmerndes Band schien von Fecht zu Bigot zu führen, dessen Gesicht zu einer höhnisch grinsenden Fratze verzerrt war. Fecht aber wirkte wie ein Zerrbild seiner selbst. Sein Gesicht war binnen Minuten um Jahrzehnte gealtert und er lag da in einer hässlich verkrümmten Stellung.

In Eiseners Gesicht stand nacktes Entsetzen. Wie im Traum tastete er nach dem Hammer, griff ins Leere, sah Bigots Fratze. Er wankte, rang um sein Gleichgewicht. „Kein Schritt zurück!", schrie etwas in ihm. Noch einmal griff er nach dem Hammer, packte ihn und schlug damit Bigot den Schädel ein. Dann langte er nach einem seiner Pflöcke und trieb ihn Bigot mitten ins Herz. Ein Ausdruck ungläubigen Erstaunens gab Bigots Gesicht einen letzten menschlichen Zug, dann verging es im Nebel und mit ihm der ganze Körper. Eisener riss am Lederriemen und zog mit Kraft das quietschende Fenster ganz herunter. Fast augenblicklich wichen Nebel und Kälte der sommerlichen Wärme. An der Stelle aber, an der das Buch gelegen hatte, gewahrte Eisener einen Haufen Asche. Er griff danach und warf sie hinaus in den Fahrtwind. Einen Augenblick blickte er der Asche nach, die sich mit dem letzten Rest des Tageslichtes in der Ferne verlor. Dann setzte er sich wieder auf die Holzbank neben Fecht und sah ihn prüfend an. Der lehnte friedlich schlafend an der Wand des Zuges. Mit einem Gefühl unendlicher Erleichterung spürte Eisener, dass die Gefahr vorüber war.

5

Er dachte: Ich will gehen.
War dieses Denken auch kausal bedingt?
Das Produkt eines atomaren Vorgangs?
Und wer dachte? Wer registrierte das Gedach-
te, verglich es, zog den Schluss und wollte?
– Sein Ich.
Der ganze Mensch bestand aus Atomen.
Ergab die Summe ihrer Ladungen ein Ich?
Unendlich unwahrscheinlich.

Karl-Aloys Schenzinger, Atom

Eine Weile saß Eisener still da. „Ich glaube an die Absolutheit des persönlichen Ich", hatte er kürzlich noch gelesen. Nun stand auch das zur Frage, focht der Zweifel ihn auch hier an. Es war dieser Zweifel, der seine ganze Stärke erforderte, dieser Zweifel, der die Grundlage dessen war, was diesem Mann über alles ging: wissenschaftliche Redlichkeit. Dieser Zweifel, den er kaum noch tragen konnte, den er aber dennoch schätzte. Schließlich war es der Zweifel, der ihn stets vor der Tyrannei bewahrt hatte, die die anmaßende Selbstgefälligkeit vermeintlicher Autoritäten auf die Menschen ausübte.

Eisener, eigentlich ein starker Mensch, fühlte nun die Schwäche dessen, den das Leben allzu oft geprüft hatte. Was war Stoff? Was Geist und Persönlichkeit? Waren es überhaupt zwei verschiedene? Wenn nicht, wenn also alles nur Stoff war, konnte es dann noch ein Weiterleben nach dem Tod geben? Kam dann nicht doch das absolute Nichts? Und doch – Bigot hatte sich aufgelöst. Nie war ihm so klar wie jetzt, dass er als Lebender die letzte Wahrheit nie erfahren würde.

Fecht erwachte. Was sollte Eisener ihm sagen? Welche Erklärung konnte er ihm anbieten? „Wenn einem die Worte fehlen, dann muss man die Klappe halten!", hatte irgendwer einmal verkündet. Sein Name war Eisener entfallen, doch er beschloss, es ihm gleich zu tun.

„Ich habe Kopfschmerzen!", wandte Fecht sich unvermittelt an Eisener.

„Das kann ich mir vorstellen. Mir geht es genauso."

„Ich muss eingeschlafen sein. Was habe ich bloß für ein wirres Zeugt geträumt! Was ist denn mit deinen Händen, Hans? Die sind ja ganz schwarz!"

„Das Buch. Ich habe es beseitigt."

„Das heißt – hast du wieder eines verbrannt, hier im Zug?"

„Wenn du so willst. Du weißt ja, wie es um meine Ehrfurcht vor Druckwerken bestellt ist. Dadurch, dass einer einen Haufen Buchstaben auf Papier kotzt, entsteht für mich noch lange kein Heiligtum. Und ich bin mir heute so sicher wie nie zuvor, dass man Schriften wie diese schnellstens beseitigen sollte."

„Wo ist Bigot?"

„Ist weg, einfach weg, hat sich buchstäblich in Luft aufgelöst!"

„Das ist mir sehr recht, Hans. Dieser Bigot ist mir widerlich. Irgend etwas stimmt mit dem nicht. Ich kann dir sagen, Hans, ich habe mich noch in niemandes Gegenwart so unbehaglich gefühlt, wie bei diesem Bigot. Diese aufdringliche Eleganz! Dieses aalglatte Gehabe! Selbst sein Gesicht kam mir zuletzt vor wie ... wie eine Fratze!"

„Eine treffende Beschreibung, Hartmut!"

Dann erzählte Fecht von seinem Traum.

„Es war furchtbar, Hans! Noch nie hatte ich so einen schlimmen Traum. Als ob ich in eine sich ins Unendliche erstreckende Schwärze zerflösse, ein allumfassendes Nichts ohne Wiederkehr."

„Unendliche Schwärze? Seltsam, irgendwo habe ich das schon einmal gehört. Doch fahre fort, Hartmut!"

98

„Dann gab es da noch, nein, das war davor. Ich war plötzlich jemand anders."

Nachdenklich hielt er eine Weile inne, bevor er fortfuhr:

„Als ich die Kutsche bestieg, hatte der Kutscher seinen Platz noch nicht eingenommen, und ich sah ihn mit meiner Wirtin sprechen. Sie redeten offensichtlich über mich, denn bisweilen sahen sie zu mir herüber ... Ich hörte aus dem Gespräch ein paar Worte heraus, die oft wiederkehrten, merkwürdige Worte, denn unter den Leuten waren mehrere Nationalitäten vertreten. Ich holte also mein mehrsprachiges Wörterbuch aus der Reisetasche und suchte die Bedeutung dieser Worte heraus. Ich muß gestehen, daß ich davon nicht aufgeheitert wurde, denn darunter befanden sich ‚Ordog – Satan‘, ‚Pokol – Hölle‘, ‚Stregoica – Hexe‘, ‚vrolok‘ und ‚vlkoslak‘, die beide das gleiche bedeuten, und zwar auf slowakisch wie auf serbisch ein Wesen, das entweder Werwolf oder Vampir ist."[3]

Abermals hielt Fecht inne und starrte ins Leere. „Mir kommt das bekannt vor, aber ich kann es nicht einordnen."

„Aber ich, Hartmut! Du hast gerade aus einem Buch zitiert. Das Buch, aus dem du mir vorlasest, als ich mit zerschossenen Knien im Lazarett lag. Es war sogar die Stelle. Im Traum warst du Jonathan Harker auf seiner Reise nach Transsylvanien zum Grafen Dracula!"

Mit einem Ausdruck ungläubigen Wiedererkennens starrte Fecht Eisener an. „Manchmal, Hans, frage ich mich, ob Träume etwas bedeuten. Aber wieso träumt man etwas aus einem Buch? Und was hat das mit dem Luftangriff zu tun?"

---

[3] Bram Stoker, Dracula

„Die Szene im Buch handelte von einer eindringlichen Warnung. Und deinen Flug kann man sich durchaus als Höllenfahrt vorstellen. Ich frage mich manchmal, ob alles Traum ist, was wir für Traum halten. Was Träume überhaupt sind. Vorhin, als du neben mir schliefst, dachte ich zweimal intensiv an einen Lehrer, den ich in meiner Jugend sehr schätzte. Nicht nur wegen seiner Geisteshaltung. Er hatte mich auch einmal gegen die Verleumdungen eines äußerst widerwärtigen Burschen geschützt, was ich ihm bis heute nicht vergessen habe. Ich hätte was drum gegeben, seinen Rat zur Person Bigots einholen zu können. Ich wünschte ihn geradezu herbei, dachte so intensiv an den Lehrer Hadericht, dass ich ihn unter uns wähnte. Unsere Gedanken gehen manchmal merkwürdige Bahnen. Überhaupt: Was sind Gedanken?"

„Mir geht dieser Herr Kort nicht aus dem Kopf, Hans!", sinnierte Fecht unvermittelt und starrte vor sich hin.

„Er ist es, Hartmut! Mir wurde es klar, kaum das er den Zug verlassen hatte."

„Ja, Hans, er ist es. Auch für mich besteht kein Zweifel. Er ist also doch noch rausgekommen!"

„Aber wann, Hartmut, wann!? Nach wieviel Jahren Gefangenschaft? Er war ja schon damals nicht mehr der Jüngste. Das Ganze ist nun um die zehn Jahre her. Aber wie er jetzt aussieht, mindestens um zwanzig Jahre gealtert! Nun, dass der Russe mit seinen Gefangenen nicht gerade zimperlich umging, ist ja bekannt. Woran hast du ihn erkannt?"

„Seine Augen, sein Blick! Als er sein ‚Ni Schagu nasad!' schrie, erkannte ich ihn wieder. In seinem Gesicht stand derselbe Ausdruck von Verlassenheit wie damals, als er zu mir hochsah. Ich flog diese Ehrenrunde für ihn, weil es das Einzige war, was ich für ihn tun konnte."

„Ganz bestimmt! Ich erinnere mich noch genau. Dass du überhaupt landen konntest! Als Flugplatz konnte man dieses Trichterfeld kaum noch bezeichnen. Alle, die wir da standen – oder lagen, so wie ich – spürten, dass deine Ju die letzte sein würde, wenn sie überhaupt noch käme. Kaum, dass wir noch an Rettung glaubten. Und uns war klar, dass deine Maschine für uns alle zu klein wäre. Besonders mir, der ich mit meinen zerschossenen Knien im Schnee lag. Erst drängten sie herein, dann warfen sie alles heraus, was das Flugzeug in sich barg. Verbandszeug, Bahren, Kanister, wenn nur Platz für einen weiteren Mann geschaffen wurde!"

„In der Tat! Ich hätte meinen Sitz nicht mehr verlassen können, so voller Menschen war die Maschine."

„Stimmt! Schließlich waren alle außer mir drin. Nur ich lag immer noch draußen im Schnee. Ich konnte ja nicht laufen!"

„Und dann geschah das Wunderbare, Hans! Ein Mann nahe der Tür stieg wieder aus und ging zu dir. Wilhelm Kort."

„Ja. Er schaute mich mit diesem Blick an, den du eben so treffend beschriebst. Er sagte zu mir: ‚Mir sind die Arme zerschossen, du aber kannst nicht mehr laufen!' Dann holte er ein paar andere, und gemeinsam hoben sie mich in die Maschine über ihre Köpfe."

„Und Kort half von außen noch mit, die Tür zuzudrücken!"

„Ja. Als wir auf deine Maschine warteten, stand er neben mir. Am Abend zuvor hatte er noch erzählt. Vom ersten Krieg, wie schon des Öfteren. Immer wieder hatte er vom Gas gesprochen. Dass das Gas alles auslösche, hatte er ständig betont. Jetzt, in dieser Eiseskälte, als der Tod sozusagen neben uns stand,

101

schien es mir, dass es ihm dabei nicht nur um die Granaten an sich gegangen war."

Eisener pausierte und starrte ins Leere ...

„Weiter!", forderte Fecht.

Eisener sah bald auf seinen Freund, bald durch das Fenster in die hereinbrechende Nacht. Längst Vergessenes wurde gegenwärtig, bekam Farbe, Klang und Bewegung. Mit veränderter Stimme fuhr er fort:

„Willi war schon etwas Eigenes. Was mich damals am meisten an ihm wunderte war, mit welchem Gleichmut er unser Los ertrug. Bis zu jenem Abend, an dem ich ihn beim Beten überraschte. ‚Verschone uns vor dem Gas!', bat er immer wieder. Überhaupt schienen die Tagesereignisse für ihn bedeutungslos zu werden, sobald die Sprache auf Gas kam. Er sprach immer wieder über seine Erlebnisse, als wären sie gestern erst passiert. Und oft glaubte ich, dass er uns eigentlich etwas anderes hatte sagen wollen. Kaum dass ich erschienen war, drehte er sich zu mir um. ‚Hans!', nannte er mich unvermittelt beim Vornamen, ‚Hans, ich muss dir etwas sagen.' Seine Lippen zitterten. ‚Weihnachten 1914, bevor ich nach Verdun kam, traf ich einen Engländer. Der war in Indien gewesen, oder sonstwo sehr weit weg. Dort soll es Fakire geben, die auf Nagelbrettern liegen können, und Leute, die mit verknoteten Beinen über der Erde schweben. Von dort soll das Nichts zu uns kommen, Hans. Ein allumfassendes Nichts. Es gibt dort nichts mehr, keinen Freund, kein Gegenüber. Niemanden, der dich versteht. Du kannst nichts anfassen, du kannst nichts mehr sehen. Ich vergaß es bald wieder, doch in Verdun erinnerte ich mich an den Engländer und dachte über seine Worte nach. Ich erkannte: Das Nichts ist schon da! Das Nichts, Hans, das ist das Gas, das ist der Gestank tausender verfaulender Leichen, der in der Sommerhitze über die

Schlachtfelder in die Gräben weht, das ist das tagelange Trommelfeuer, das sind die Detonationen, die aufgeworfenen Erdmassen, die die Kameraden lebendig begraben. Alles wird dort bedeutungslos, nichts hat mehr Wert! Lebendig begraben, Hans. Zugeworfen mit Erde! Du siehst nichts mehr, du hörst nichts mehr! Völlige Schwärze für alle Zeiten! Das Nichts, so hatte der Engländer gemeint, soll ewig dauern, sagen sie dort. Die wüssten, was der Abendländer sich nicht einmal vorstellen kann. Das Nichts, es soll nie mehr aufhören. Wenn das nun stimmt, Hans! Es gibt keine Freunde mehr, keinen Gott, es gibt nur absolute Schwärze! Niemand versteht das, niemand!' Das war an dem Abend, bevor du uns rausholtest. Den Rest kennst du!"

„Jaa ... Es war Schneesturm damals. Das Landen war eigentlich unmöglich. Mir war, als stände eine weiße Wand vor mir. Alles war weiß! Ich handelte in Hochspannung, unter äußerster Konzentration. Und doch weiß ich bis heute, dass ich dabei Merkwürdiges empfand. Vermutlich waren es nur Sekunden. Mir schien alles um mich herum bedeutungslos. Die Instrumente zeigten etwas an. Es belustigte mich erst. Auch die Uhr. Das Wort ‚Zeit' hatte für mich jede Bedeutung verloren. Das Motorengedröhn. Die Vibrationen. Diese fast unterschiedslose Weiße um mich, in der alles zu zerfließen schien, die mich von allem isolierte, was war und ist. Ich hatte keine Worte für dieses Gefühl, spürte, dass ich es niemandem würde mitteilen können. Das Entsetzen packte mich. Erst mit eurem Getrampel kam das Leben in meine Maschine zurück. Wie ich es schaffte, mit euch wieder hochzukommen, weiß ich nicht mehr. Als ich aber die Ehrenrunde um Wilhelm flog, da begegnete mir sein Blick!"

Fecht zitterte. Er schrie: „Hans, ich weiß, was das Gas ist, der Nebel, die Schwärze. Ich weiß, wovor Wilhelm Angst hatte, ich kenne es! Dieses Buch! Es ist, als ob es dir einen Kurzschluss im Gemüt macht, der alles ausbrennt. Wer schreibt solche Bücher? Und warum, Hans, warum schreibt jemand solche Bücher? Warum denken Menschen sich sowas aus?"

„Warum Menschen sich solche Bücher ausdenken, weiß ich nicht. Was aber dieses Subjekt Jankulescu oder Bigot anbelangt: Ich vermute, es wollte dir die Seele aus dem Leib saugen!"

„Bigot!? Die Seele? Wie kann man das machen? Die Seele ist doch nichts Dingliches! Man muss doch wissen, wie sie ist. Wie kann er wissen ... ?"

„Man kann nicht wissen, Hartmut. Normalsterbliche jedenfalls nicht. Was jedoch Bigot anbelangt: Kommen wir noch einmal auf deinen ersten Traum zurück, das Zitat aus dem Dracula. Ich bitte dich, dir die Umstände zur Vampirlegende noch einmal zu vergegenwärtigen: Es hieß in dem Roman, der Vampir könne sein Opfer nur dann heimsuchen, wenn es ihn einmal freiwillig eingelassen habe, einerlei in welcher Form. Nun hat jeder Mensch irgendwelche Ängste. Je nach Lebenslage treten sie stärker oder schwächer hervor. Denken wir an Kort:

Er sah Giftgaswolken auf Menschenmassen zuwehen, die darin umkamen. Er musste unter sengender Sonne und Durst den Gestank seiner verwesenden Kameraden ertragen. Er sah, wie die Kameraden unter herabstürzenden Erdmassen lebendig begraben wurden. Lebendig begraben, Hartmut, stelle dir das vor! Man konnte nicht alle rechtzeitig ausgraben. Auch seinen besten Freund fanden sie zu spät. Er hat es mir selbst erzählt! Dann erzählte irgendwer ihm dieses Zeug aus Fernost. Wilhelm kam gar nicht auf die Idee, dass das Unsinn sein könnte. Ihm schien immer klar, dass die anderen es besser als er wüssten. Er hatte ja keine hohe Meinung von sich."

„Und wenn die Leute in Fernost nun wirklich irgendwas Besonderes wissen?"

„Das will ich damit nicht ausschließen. Mir geht es nur um das, was Kort zu hören bekam. Was in Fernost wirklich gedacht, geglaubt und getan wird, ist für mich eine ganz andere Frage. Doch ich will nicht abschweifen:

Bei dir war es nicht ganz so schlimm. Als Euch in den Zwanzigerjahren die Hyperinflation traf, hattest du wenigstens noch deine Familie und deine Findigkeit. Doch prägte sich dir wie vielen anderen unauslöschlich ein, dass das Material die Vorbedingung für alles und jedes ist. Diese Erfahrung bestimmte dein Leben. Sie prägte dich und damit deine Ängste. Schon als Kind erlebtest du das Gefühl völliger Ohnmacht. Das aber verstand deine Familie nicht. Jankulescu wusste um solche Menschen, ihre Ängste, ihre Einsamkeit und ihr Unverstandensein. Damit bahnte er sich einen Weg zu ihnen. Die Vorgehensweise ist ungefähr folgende:

Als erstes benennt er, was viele Menschen bedrückt. Du fühlst dich verstanden – zunächst. Dann kennzeichnet er dich schon durch das Vorhandensein deiner Probleme als krank. Sollten Selbstzweifel dein Problem sein, so werden sie dadurch noch verstärkt. Und wer litte nicht unter Selbstzweifeln, wenn Ratlosigkeit und Sorge sein Gemüt bedrücken?

Du merkst hier schon: Da ist was faul!

Dann die Regeln, um Erlösung zu erlangen: Wenn dieser Jankulescu die Erwartungslosigkeit als Weg zum Glück fordert, dann schickt er dich damit direkt ins Unglück. Wer nämlich diese Forderung zu erfüllen versucht, erwartet auch nicht mehr, von anderen respektiert zu werden. Er liefert sich ihnen aus. Solltest du auf die Idee kommen, nach Art und Zeitpunkt der Erlösung zu fragen, so wirst du belehrt, dass deine Frage eine Erwartung beeinhaltet. Damit wird dir jede Kritik verboten, denn jede Art von Kritik beinhaltet eine Erwartung. Und Erwartungen sollen dich ja hindern, jemals Erlösung zu erlangen. Nach dem Urteilsvermögen der Autorität selbst – also des Verfassers des Buches – zu fragen, wirst du daher gar nicht mehr wagen!"

Eisener machte eine Pause und wischte sich den Schweiß von der Stirn. Fecht sah ihn ungläubig an. Eisener spürte, dass Fecht noch nicht zufrieden war.

„Das alles ist noch nicht das Schlimmste. Denke an das, was Kort mir über den ersten Krieg erzählte, über das lebendig begraben werden, die Erdmassen, die ewige Schwärze. Dein Traum, dein haltloser Flug in ewige Schwärze, oder die absolute Isolation, die du auf deinem letzten Flug auf Gumrak im Schneesturm erlebtest. Erinnert dich Bigots Geschwätz von der Einheit, vom absoluten Nichts nicht in fataler Weise daran? Das, was Jankulescu als Erlösung darstellt, dürfte zum Furchtbarsten gehören, was überhaupt vorstellbar ist. Das ist die grausame Zwickmühle, in die der Leser geschickt wird:

Er hat ein Problem.

Er fühlt sich unverstanden, gefangen in Haltlosigkeit und Isolation.

Die Ursache soll sein Selbstverständnis sein.

Es wird ihm als Einbildung dargestellt.

Die Lösung soll im Aufgeben dieser Einbildung liegen.

Folgt er dem, wird er handlungsunfähig.

Damit verharrt er in Haltlosigkeit und Isolation.

Die Autorität hat infolgedessen vollständige Gewalt über ihn."

Eisener stand auf, schien noch einmal Bigot vor

sich zu sehen. Der Zorn stand dem sonst so ruhigen Mann im Gesicht, als er Fecht anschrie:

„Wenn jemand es schafft, dich an dem zweifeln zu lassen, was du bist, ja sogar daran, dass es dich als Individuum überhaupt gibt, dann hast du das, was du den Kurzschluss im Gemüt nanntest! Damit war er Herr deiner Gedanken und deines Empfindens. Damit war für ihn der Weg frei zu deiner Vernichtung!"

Eisener fasste sich, setzte sich wieder. Er sah Fecht in die Augen. Dieser runzelte die Stirn. „Ich frage mich nur, warum das Buch auf Kort und mich wirken konnte, auf dich hingegen nicht! Als ich in der Buchhandlung herumschaute, da schien mich dieses Buch geradezu anzuziehen. Ich ging auf irgendein Regal zu und zog es heraus. Es schien mir geradezu befohlen, es mitzunehmen, noch bevor ich die anderen Bücher auch nur eines Blickes gewürdigt hatte. Zog das Buch dich auch so an?"

„Nein, Hartmut. Aber die Umstände waren ja auch ganz anders. Als ich mich auf einem Spaziergang auf die Parkbank setzte, ging mir gerade ein Rekursionsproblem durch den Kopf. Ich wollte die Maschine mit sehr wenigen Anweisungen dazu bringen, etwas Bestimmtes immer wieder neu zu berechnen, so lange, bis es genau genug sei – aufgrund der bereits erhaltenen Ergebnisse! Kurzum, mich beanspruchten damals technische Probleme, keine menschlichen. Das heißt: Ich war in dem Augenblick ganz Maschinist. Dadurch aber verwehrte ich Jankulescu den Einlass zu meinem Selbst. Nach dem Buch, das einer da liegen gelassen hatte, langte ich nur, um mal für eine Weile den Kopf frei zu bekommen. Da sich der Abendtau bereits senkte, nahm ich es mit. Und hier liegt der Unterschied: Auf einen Leser mit einem eher analytisch geprägten Interesse wird ein Text ganz anders wirken als auf einen, der dringend einen Rat sucht. Bei mir kommt noch ein Weiteres hinzu: Ich habe seit längerem den Eindruck, dass in Lebenshilfebüchern der Palast der menschlichen Erkenntnis für Asien reserviert ist – mit zwei Hinterzimmern für den Rest der Welt. Insofern habe ich Vorbehalte gegen diese Literaturgattung. Was aber diese Anziehungskraft als solche betrifft: Ich wage nicht, sie zu erklären!"

Für einige Minuten sagte niemand etwas.

„Doch das ist genau der Punkt", fuhr Eisener fort. „Ein Normalsterblicher wird hier wohl nie wissen können. Ich kann mir jedoch vieles vorstellen. Und ich halte für möglich, was ich mir nicht vorstellen kann."

Er schaute Fecht ins Gesicht und fuhr dann fort:

„Selbst Unvorstellbares kann sich eines Tages als Tatsache erweisen. Die Erfahrung zwingt uns dann, sie als solche anzuerkennen!" Eisener sah auf seine aschegeschwärzten Hände. „Wenn aber einer Dinge als Tatsachen ausweist, die ihrem Wesen nach nie an irgendwelchen Erfahrungen überprüfbar sind, dann ist er ein Betrüger, ein Lügner, ein Verräter am menschlichen Streben nach Erkenntnis!"

Obwohl Eisener diese Worte klar und ruhig ausgesprochen hatte, spürte Fecht doch die ganze Leidenschaft, die in dem Freund tobte.

„Hans", sagte er, „du hast damit dieses Machwerk in den Bereich der Vermutungen zurückverwiesen, als eine Meinung unter anderen entlarvt. Und doch: Dieses absolute Nichts! Bedenke, die Träume! Wenn es nun doch ... Es ist nur eine Theorie, dennoch – noch immer schwebt der Terror über uns!"

„Ich muss dir etwas sagen, Hartmut. Etwas, das mir selbst so unglaublich vorkommt, dass ich es noch nie jemandem erzählt habe. Es geschah, als Wilhelm mit mir gesprochen hatte und ein paar Leute holte, die mich ins Flugzeug heben sollten. Für einen Augenblick kam ich mir vor, als befände ich mich außerhalb meiner selbst. Ich sah mich da unten liegen, sah die Maschine. Noch bevor Ihr mich hereinbrachtet, war ich drin. Ich befand mich irgendwo unter der Decke, sah, wie sie dich neben deinem Sitz bedrängten. Ich höre es noch ganz deutlich, wie einer sagte: ‚Es hat keinen Sinn. Es sind nicht nur die Schussverletzungen. Er hat eine Infektion. Bestenfalls noch eine Nacht. Dann ist es aus!‘ “.

Fecht merkte auf:

„Das ist doch wohl kaum möglich, Hans! Das war Dr. Martich, ich habe es selbst gehört und nie vergessen, bis auf den heutigen Tag!“

„Es geht noch weiter, Hartmut: Ich spürte, wie mir das alles gleichgültig wurde. Dann schien ich durch eine Art schwarzer Röhre zu fliegen, ähnlich wie in deinem Stukatraum. Ich war aber nicht verzweifelt, nur verwirrt. Kurz darauf wurde es hell. Es stand alles in gleißendem Licht, ohne das ich mich davon geblendet gefühlt hätte. Ich befand mich in einer wunderschönen Landschaft. Alles war warm. Es gab dort keine Panzer, keine Ratsch-Bumm und keine Stalinorgel. Verwundert schaute ich mich um, ob nicht irgendwo ein MG-Nest ... Da stand plötzlich mein alter Lehrer Hadericht neben mir. Freundlich wie immer gab er mir die Hand. Ich packte sie und spürte doch, dass ich sie nicht fassen konnte. Er sagte nur einen Satz zu mir: ‚Hier wird nicht mehr gemessen!‘ Dann bedeutete er mir, zurückzugehen. Im gleichen Augenblick sauste ich wieder durch die röhrenartige Schwärze. Dann weiß ich nur noch, dass die Kameraden mich ins Flugzeug hoben.“

„Wie gesagt, ich habe es selbst gehört Hans, es ist kein Zweifel möglich!“

„Jaa ... “, sagte Eisener mehr zu sich selbst, „ ...

Geist, Stoff. Es müssen wohl doch zwei grundverschiedene sein. Anders kann ich es mir jedenfalls nicht erklären!"

Sie schwiegen eine Weile. Längst war es schwarz geworden vor dem Fenster, gab eine Glühbirne ihr spärliches Licht. Eine unbeschreibliche Leichtigkeit schien um sie herum. Irgendwann verlangsamte der Zug seine Fahrt und hielt schließlich – Endstation. Die beiden bemerkten es kaum. Ein Duft ließ Fecht aufmerken. Sein Blick fiel auf eine spärlich beleuchtete Frittenbude.

„Ni Schagu nasad!", entfuhr es ihm plötzlich. „Schau mal, da vorne am Imbissstand! Es ist Kort! Er muss mit einem Taxi weitergefahren sein. Wir müssen es ihm sagen!"

Eisener sah auf und erkannte Kort ebenfalls. „Ja, Hartmut. Ich stehe tief in seiner Schuld. Ich werde ihm berichten. Von damals. Und über die Doppelzüngigkeit dieses Jankulescu."

„Und die lautet auf den Punkt gebracht?"

„Dass es zwischen Verfasser und Leser gar nicht um Liebe ging, sondern nur darum, wer der Stärkere ist. Das werde ich ihm sagen – jetzt!"

„Im Namen der Wissenschaft?"

„Im Namen der Wissenschaft, Hartmut. Vor allem aber:

Im Namen der Menschlichkeit!"